KB202683

첫사랑 감시

첫사랑 감시

FIRST LOVE

한승주 소설집

좋은땅

목차

첫사랑 감시

"첫사랑은 대개 실패로 끝난다. 연애의 기술이 서툴렀던 탓이다."

강기영과 윤나미의 관계에도 그 말이 적용되었다.

기영이 고 3때였다. 찢어지게 가난했지만 대학 시험을 칠 수 있었다. 엄마의 강력한 권유가 아버지의 반대를 물리쳤다.

"너는 꼭 사범대에 가야 한다."

엄마는 자식이 안정된 직장을 갖기를 원했다. 아버지가 사업에 실패한 뒤 그런 집착이 더 심해졌다. 강기영은 법대에 가고 싶었지만, 엄마의 강요로 사범대에 원서를 넣었다. 기영은 교사가 되기 싫었다. 떨어지기 위해 치는 시험이었다. 1교시 국어 과목만 치르고 기영은 시험장을 빠져나왔다. 그 순간이 자신의 일생을 결정지은 것을 당시는 알지 못했다. 그는 재수를 선택했다.

*

강기영이 윤나미를 처음 본 것은 J 대학입시학원이었다.

20년 전 3월, 대학 입시학원(재수학원)의 개강 첫날, 한 여학생이 교실의 앞문을 열고 한 발을 내디뎠다. 1교시 영어 수업이 시작된 지 5분쯤 지났다. 얼굴보다 가슴이 먼저 보였다. 얼굴은 보이지 않는데 그녀의 봉긋한 가슴은 이미 교실 문 안으로 들어와 있었다. 3월이지만 교실은 추웠다. 칙칙한 색깔의 겨울옷을 벗지 못한 학생들이 대부분이었다. 여학생은 영어 교사에게 목례를 한 뒤 교실의 빈 책상을 찾아 걸음을 옮겼다. 얼굴이 희고 턱선은 동그란 편이었다. 키는 1미터 60센티 정도 돼 보였다. 검은 헤어네트가 그녀의 머리칼을 둥글게 감쌌고, 삐져나온 머리칼은 이마와 관자놀이 뒤로 넘겨서 파란 머리끈으로 돌돌 묶었다. 여학생은 흰 티셔츠 위에 니트로 짠 보라색 카디건을 걸치고 청바지를 입고 있었다. 그녀가 자리를 찾아 책상들 사이로 걸음을 옮겼다. 목에서 가슴을 타고 아래로 늘어뜨려진 카디건이 출렁거렸다.

기영은 순간 온몸이 감전된 것 같은 전율을 느꼈다. 용광로 안에서 뼈와 살이 활활 타들어 갔다. 여학생은 옆자리가 비어 있는 그의 책상을 지나쳐 교실의 맨 뒤쪽, 빈 책상에 앉았다.

수업의 끝을 알리는 멜로디가 스피커를 통해 울려 나왔다. 기영은 그 자세 그대로 앉아 있었다. 엉덩이가 의자에 달라붙은 것처럼 꼼짝도 할 수 없었다. 자리에서 일어서는 순간 그 여학생이 뒤에서 못생긴 뒤통수를 쳐다볼 것 같은 두려움에 옴짝달싹하지 못했다.

"야, 킹카네."

"끝내주는군."

봄 햇살이 들어찬 교실 동쪽 창가에 짓궂은 남학생들이 모여 그녀를 힐끗거리며 쑥덕였다. 하원 후 기영은 그녀 생각에 처음으로 밤을 꼴딱 새웠다.

다음날, 국어 수업이었다. 선생님이 말했다.

"오늘은 은유법에 대해 공부해 보자."

기영은 교재의 은유법 설명을 읽은 다음 고개를 들었다. 앞줄 앞줄에 나미의 뒷모습이 잡혔다. 목에서 어깨로 떨어지는 선이 고왔다. 그녀는 첫날과 달리 노란색 니트 상의를 입고 있었는데 보풀이 일어난 실이 성기게 직조되어 있었다. 그녀가 몸을 움직일 때마다 안에 받쳐 입은 블라우스가 벌어진 실 사이에 언뜻언뜻 비쳤다. 기영의 눈에 비친 나미는 여태껏 잔잔했던, 갓 열아홉을 넘긴 그의 마음의 호수에 헬리콥터 날개처럼 커다란 물결을 일으키며 내려앉았다. 사랑의 물결이 동심원처럼 퍼져 기영의 얼굴을 덮었다. 얼굴이 화끈거리며 열이 났다. 그날 이후 나미를 보면 가슴이 두방망이질 쳤다.

첫사랑을 색깔로 표현하면 어떤 색일까. 코발트블루가 아닐까. 나미의 청바지 색깔이 바로 그 색이었다. 아니다! 다른 여학생과 똑같은 청바지였지만 그녀가 입었기 때문에 코발트블루로 보였는지도 모른다.

나미에겐 남학생들이 다가가기 어려운 카리스마 같은 것이 있었다. 개강한 지 일주일이 지나지 않아 나미의 존재는 남학생들 가슴에 클레이모어 파편처럼 박혔다. 부상을 당한 남학생들 모두 그녀와 한 번 사귀어 봤으면 하는 속마음을 품고 있었다. 기영도 그런 점에선 다르지 않았으나 다른 것이 하나 있었다. 그것은 나미를 빠르게 포기한 것이다. 그래도 나미를 관찰하는 것은 포기하지 못했다. 그것은 미인에 대한 남자의 본능 같은 것이니까. 화장실을 오가다가 몇 번 눈이 마주친 적도 있으나 그녀의 무심한 눈빛은 절망감만 안겨 주었다. 그래서 기영은 되도록 나미와 마주치지 않도록 조심했다.

기영은 개강 후 반이 정해진 뒤에 한 번도 나미의 앞자리를 선택한 적이 없었다. 늘 그녀가 앉는 의자에서 두 좌석쯤 뒤에 자리를 잡았다. 수업 내내 그녀의 뒷모습을 보는 것이 큰 기쁨이었다. 기영의 일생 동안 그때만큼 순수한 기쁨을 느껴 본 적이 없었다. 수업에 집중하다가도 나미가 조금만 움직이면 어느새 기영의 눈동자는 방울을 쫓는 고양이처럼 그녀의 움직임을 따라가고 있었다. 책상 위에 괸 팔꿈치, 판서를 하는 선생의 방향을 따라 목을 돌릴 때마다 핑크빛 스웨터와 위로 끌어올린 머리칼 사이에 언뜻언뜻 보이는 하얀 목덜미, 그리고 한 번씩 엉덩이를 들어 올려 자세를 바로잡는 섹시한 몸짓 등이 그의 시선을 어지럽혔다.

*

　이런 것을 두고 행운이라고 하지. 집 방향이 같은 기영과 나미는 수업을 마치면 같은 입석 버스를 탔다. 30분쯤 버스를 타고 가다가 나미가 두 정류장 먼저 내렸다. 늘 2대 2로 버스에 올랐다. 나미는 단짝인 은숙과, 기영은 고교 동창인 정태와 귀가하는 코스가 동일했다. 버스 안은 늘 혼잡하여 네 명의 재수생은 버스에 올라타면 승객들 사이에 끼거나 둘러싸여 누가 내리는지조차 보지 못하고 헤어졌다. 그래도 기영의 눈동자는 그 혼잡한 틈을 뚫고 나미의 청바지를 찾아내곤 했다. 승객들 틈에서 이리저리 밀려다니는 그녀가 안타까워 기영은 숨을 몰아쉬었다.
　재수학원 출입문 옆에 심어 놓은 개나리가 흐드러지게 핀 수요일이었다. 기적이 일어났다. 그날, 기적이라고 불러도 될 만한 두 개의 사건이 일어났다. 수업을 마치고 평소대로 정태와 학원 앞 정류장에서 버스를 기다리고 있는데 까닭 없이 가슴이 설렜다. 기영은 봄이라 그런가, 생각했다.

"너, 오늘 좋은 일 있냐?"

정태가 기영에게 말했다.

"……."

기영은 대답하지 않았다. 오늘은 왠지 버스에 빨리 타고 싶었다. 그는 버스가 도착하자마자 정류장에서 기다리는 사람 중 첫 번째로 올라탔다. 늘 맨 나중에 탔는데, 그날은 뭔가 이상한 날이 맞긴 했다. 기영은 뛰다시피 버스 출입문으로 달려갔고, 첫 번째로 버스에 올랐다.

기적은 버스 안에 있었다. 빈자리가 보였다! 버스 중간 문 옆에 빈자리가 하나 있었다. 평소와 달리 서 있는 승객은 없었다. 배차 간격이 평소보다 빨랐던 모양이었다. 기영은 문과반인데도 수학 과목만은 상위 0.1%에 속할 만큼 잘했다. 하나 남은 빈자리에 앉은 그는 이런 일이 수학적으로 가능한지 계산해 보았다. 그 결과 25번째 배차를 받은 버스에서 빈자리 1개가 발생했다. 그 하나의 빈 좌석을 그가 차지한 것이니 확률적으로 기적이라 할 만했다. 개나리가 흐드러진 그날, 기영에게 일어난 기적은 빈 좌석 하나가 아니었다.

차창 밖에는 나미가 단짝인 은숙과 버스에 오르고 있었다. 은숙이 먼저 버스에 오르고 나미가 뒤를 따라 버스 계단을 올라왔다. 실눈을 뜨고 봤다. 나미가 계단에 한발 내디뎠을 때 기영은 시선을 반대쪽 창가로 돌렸다. 그는 나미가 버스 안으로 올라왔을 땐 아예 자는 체했다. 자는 척했는데… 몸이 나른하고 눈꺼풀이 무거워지며 잠깐 졸았다. 기영이 무거워지는 눈꺼풀을 밀어 올리려 안간힘을 쓰고 있는 바로 그때였다. 두 번째 기적이 일어났다! 기영의 바로 앞에 나미가 서 있었다. 그녀의 탄탄한 허벅지가 눈앞에 닿았다. 이것은 두 번째 기적의 서막이었다. 클라이맥스는 나미가 책가방을 기영의 무릎 위에 올려놓더니 은숙에게 말을 거는 등 딴 전을 피우고 있는 거였다. 기영은 어찌할 바를 모르고 무릎 위에 놓인 그녀의 가방을 바라보았다. 그때였다.

"다음 정류장에 좀 내려줄래?"

다음 정류장이라면 그녀가 늘 하차하던 곳이다.

"왜?"

기영이 물었다.

"내리면."

나미는 이유를 묻는 그가 이상하다는 듯 '내리면' 다음에 해야 할 '말해줄게.'를 생략했다.

나미와 기영이 차 문으로 다가가자 정태가 어깨 너머로 말했다.

"넌 두 정거장 더 가야 하잖아."

"나미가 할 말이 있는지 좀 내려 보라고 하네."

"윤나미?"

둘이 말을 주고받는 사이 버스가 멈췄고 민정과 은숙이 먼저 내렸다.

버스에서 내리니 꽃샘추위 바람이 귀를 때렸다. 먼저 내린 나미는 도로 옆 전신주 앞에 서 있었다. 그녀는 바람 방향으로 노출된 귀를 감싸는 그를 바라보고 있었다. 무슨 일이 일어날 것 같았다. 기영은 멈칫멈칫 나미에게 다가갔다. 그녀는 고개를 돌려 인쇄소 간판이 걸려 있는 낡은 2층 건물에 붙은 골목길을 쳐다보고 있었다. 기영의 눈동자도 그녀의 눈빛을 따라갔다.

"저 남자 보이지?"

나미가 턱을 움직여 골목길을 가리켰다.

그녀가 가리킨 골목에 신장이 1미터 80센티쯤 되고, 장발에 어깨가 딱 벌어진 한 남자가 보였다. 그는 인쇄소 건물 벽에 등을 기대고 한쪽 다리를 건들거리며 서 있었다.

"저기 골목길에 서 있는 남자 말이야."

기영이 고개를 갸웃했다.

"저 남자 좀 처리해 줘."

"……."

"내가 있는 곳이면 어디든 나타나 괴롭혀."

"괴롭힌다고?"

"응, 아침부터 밤까지 사귀자고 집요하게 매달려."

기영은 최근에 배운 담배에 불을 붙였다. 길게 빨아들인 후 한 모금 내뱉으니 자신이 껄렁껄렁한 학생처럼 느껴졌다.

"쟤 때문에 신경이 쓰여 공부가 안 돼. 나 좀 도와줘."

"저 친구, 학생이야?"

"모르겠어. 아닐지도 몰라."

기영은 담배를 땅바닥에 버리고 발로 비벼 껐다. 나미의 부탁을 들으며 그는 골목길의 그 사내에게 온 신경이 팔려 있었다. 화가 난 듯 담배를 발로 짓이긴 것은 그 녀석에게 강하게 보이고 싶어서였다.

은숙과 정태가 다가왔다.

"야, 너희들 연애하니?"

장난기 가득한 얼굴로 정태가 놀렸다.

"아니, 싸워야 할 것 같아."

"누구와?"

"저기 저 골목길의 덩치 큰 남자와."

"왜?"

"싸워 주기를 '부탁'하니까."

기영은 '부탁'이라는 단어에 힘을 주며 주먹을 불끈 쥐었다. 아침에 비가 와서 땅바닥이 질펀했다. 비둘기 두 마리가 날아와 흙 속에서 무엇인가 발견한 듯 부리로 찧었다.

"그런데 하나 물어봐도 돼?"

"물어봐."

나미가 대답했다.

"저 녀석이, 넌 누구냐고 물으면 뭐라 해야 해?"

그녀가 잠시 생각에 잠겼다.

"음… 음, 그건."

"할 말이 있어야 하잖아."

처음으로 기영이 나미를 몰아붙였다.

"내 애인이라고 말해."

애인? 기영의 심장이 쿵쾅쿵쾅 뛰기 시작했다. 나미가 애인이라고 말하라고 하는 순간 목숨이 끊어지더라도 오늘 저 녀석을 처리해야겠다고 결심했다.

"정태, 너 먼저 가."

기영은 나미에게 혼자 힘으로 이 일을 처리한다는 것을 보여 주고 싶었다. 그녀가 살짝 웃었다. 양 볼에 볼펜 심으로 누른 듯한 보조개가 패었다.

"한 시간이면 끝나겠지? 일 끝나는 대로 뉴욕제과로 와."

나미는 청바지 호주머니에 두 손을 찔러 넣고는 은숙을 데리고 걸어갔다. 기영은 고개를 들어 하늘을 올려다보았다. 오전까지 하늘을 뒤덮었던 먹구름이 사라지고 파란 하늘이 드러났다. 낮달이 플라타너스 가로수 가지 사이에 걸려 기영을 내려보는 것 같았다. 그는 버스정류장에서 10미터쯤 떨어져 있는 인쇄소 골목길의 그 사내 쪽으로 걸어갔다. 그리고 나미를 괴롭히는 녀석을 자신의 방식대로 해결했다.

뉴욕제과의 문을 열고 들어가니 계산대 오른쪽 구석 자리에 나미와 은숙이 빵을 먹고 있다가 나미가 손을 들어 알은 체했다.

"빵 더 가져올게."

은숙이 자리를 피해 주려 하는 것 같았다.

"처리했어. 앞으로 네 곁에 얼쩡거리지 않겠다는 다짐도 받았어."

기영은 인쇄소 골목의 도랑에 처박힌 채 일그러진 녀석의 얼굴을 떠올렸다. 주먹다짐할 때 함께 뒹굴어서 그의 몰골도 엉망진창이었다. 녀석의 부탁으로 낮술까지 마셨으니 입에서는 악취가 났을 것이다.

"말로 안 되었던 모양이네. 나 때문에 미안해."

나미가 케이크 조각 하나를 포크로 집어 주었다. 뉴욕제과는 케이크가 맛있는 것으로 소문이 난 곳이다. 하지만 그는 입맛이 없었다. 나미가 부탁한 것을 말끔하게 처리했는데 개운치 않았다. 마음이 울적했다. 홀가분한 표정으로 케이크를 맛있게 먹는 그녀를 보며 맞은 녀석이 울면서 말하던 것이 떠올랐다.

"잘못한 것이 있다면 나미를 좋아한 것뿐이야. 그게 죄야?"

기영은 눈물과 콧물이 범벅된 녀석을 보며 일부러 분노한 표정을 지었다.

"내가 나미 애인이다. 내 여자를 괴롭히는 건 죄가 되지!"

"몰랐어. 늘 여자 둘이 다니니까 애인이 없는 줄 알았어."

"이 새끼, 말이 많네. 더 맞아야 정신 차리겠어!"

기영은 이참에 녀석을 완전히 눌러 놓아야겠다는 생각에 소리를 질렀다.

"미안하다…. 근데 덩치가 더 큰 내가 왜 너한테 맞아야 하는지 모르겠어. 너 혹시 운동했냐?"

"나, 중학생 때까지 아마추어 권투 선수였어."

나미를 괴롭히는 녀석을 해결해 준 것이 인연이 되어 기영과 나미는 3년간 사귀었다. 그리고 대개의 청춘남녀가 그렇듯, 사소한 일로 이별과 만남을 반복하다가 별 이유도 없이 절교했다. 나미에 대한 지독한 첫사랑은 쓰라림으로 기영의 머릿속에 남았다. 그에게 남은 인생은 아마겟돈이 될 것 같았다. 시간은 애기화살처럼 빨랐다. 각각 원하던 대학에 합격했고 20년이 흘러갔다. 그 사이 두 사람은 자식이 딸린 유부녀와 유부남이 되어 있었다.

*

첫눈이 올 것 같은 12월 초, J 입시학원 동창회 총무인 정태에게서 연락이 왔다. 첫 모임이었다. "이번 토요일, 광화문 세종회관 뒷길 곱창 집에서 모임. 6시까지 꼭 나와 달라."는 부탁이었다. 42살의 기영은 대기업 홍보 팀장이었다. 요즘 들어 아내와 불화가 잦고 반복되는 회사생활에 지쳐 있었다. 그런 가운데 모임 전화를 받으니 참석하고픈 마음이 생겼다. '벌써 20년이 흘렀구나. 다들 어떻게 변했을까.'

기영은 아내에게 모임 설명을 한 뒤 다녀오겠다 했다. 그녀 표정이 뾰로통해졌다. 그는 주말에 처가에 가겠다는 약속을 잊고 있었다.

"꼴랑 재수학원 모임인데, 꼭 가야 해?"

"처가엔 다음 주 가자. 꼭이다."

"윤나미 나올까 봐 가는 거지?"

"무슨 소리 하는 거야?"

"무슨 소리긴 무슨 소리야?"

아내 정은숙은 재수학원 시절 나미의 단짝이었고, 두 사람이 깊이 사귀었다는 것을 알고 있었다. 남편이 나미를 괴롭히는 불량배를 처리해 준 것 또한 누구보다 상세하게 알고 있었다. 그 자리에 함께 있었으니까.

인생은 이상하다. 이상한 것투성이다. 기영이 나미의 친구 은숙과 결혼할 줄은 꿈에도 몰랐다.

"세월이 20년이나 흘렀어. 이제 우리도 중년이야."

"나는 당신 뒷바라지하고 아이 둘 키우느라 팍삭 늙었는데, 당신은 짱짱하네."

"아직 당신도 예뻐."

아내는 소파에 앉아 서 있는 기영을 빤히 올려다봤다.

"나미는 나미대로 예쁘고, 당신은 당신만의 아름다움이 있어."

"윤나미, 그 계집애에 비하면 나는 아무것도 아니지."

"당신, 오늘 왜 그래?"

기영은 슬슬 짜증이 났다.

"여자인 내가 봐도 나미는 정말 예쁘다니까. 배우 정윤희 닮았어."

"그래도… 내가 선택한 여자는 나미가 아니라, 당신이었어."

"선택 좋아하네. 나미에게 차였잖아. 내가 나미 대타였지."

아내는 울 것 같은 표정을 지었다.

기영은 순간 나미와 이별한 이유가 진짜 궁금해졌다. 이별에 대한 뚜렷한 기억이 없었다. 우리는 정말 서로를 좋아했는데 왜 헤어졌을까. 이번 모임에 나미가 나오면 물어보고 싶었다. 헤어진 후로 한 번도 통화한 적이 없었다. 아내가 끈덕지게 태클을 걸었지만 모임에 참석하기로 마음을 굳혔다. 아내가 마지막으로 한 말은 "모임 전체 사진을 찍어서 보내라!"는 명령이었다. 나미의 참석여부를 알고 싶은 것이다. 기영은 알았다고 했다. 공손한 말투를 사용했다. 그렇게 아내의 승낙을 받았다.

*

모임 참석자는 9명이었다. 남자 7명 여자 2명인데 나미는 보이지 않았다. 다들 공무원이나 최소한 중견기업의 간부가 되어 있었다. 남자들은 회색이나 진청색 양복 안에 하얀 와이셔츠를 받쳐 입고 스트라이프 넥타이를 매고 있었다. 토요일인데 왜 정장차림으로 나왔는지 이해되지 않았다. 첫 모임이니까 근사하게 변한 자신의 모습을 보여 주고 싶은 것 같았다. 나미는 어떻게 변했을까. 40대에도 재수학원 때의 눈부신 미모를 유지하고 있을까. 기영은 나미가 보이지 않자 마음이 허전해져서 자꾸 술을 마셨다.

기영이 소주 반병을 마셨을 무렵, 총무를 맡고 있는 정태 핸드폰이 울렸다.

"차가 막힌다고? 알았어. 네가 올 때까지 곱창 안 먹고 기다릴게."

"누구야?"

정태가 핸드폰을 주머니에 넣기도 전에 기영이 물었다.

"돌부처가 되어 네가 오매불망 기다리는 나미닷!"

재수학원 때처럼 정태가 놀렸다. 그의 입에서 '나미'라는 말이 나오는 순간 심장이 미친 듯이 뛰었다. 억누르려고 했지만 불수의근인 심장은 뛰는 것을 멈추지 않았다. 그 뛰는 심장으로 기영은 자기 잔에 술을 따라 연거푸 마셨다. 곱창 집은 가격이 비싼 대신 개별 방이 있었다. 모임은 3호실이었는데 정원이 10명이었다. 한자리가 비었다. 나미가 없는 방은 9명이 있는데도 텅 비어 있는 것 같았다. 나미가 온다, 나미가. 어떻게 변했을까. 중년이 된 지금도 그때처럼 예쁠까. 눈부시게, 눈이 부셔서 똑바로 쳐다볼 수 없을 정도로 말이다. 어쩌면 그녀를 보는 순간 눈이 멀지도 모른다. 태양을 가까이서 쳐다보면 각막손상으로 실명이 되는 것처럼. 나미는 기영에게 태양이었다.

미닫이문이 열렸다. 얼굴 보다 가슴이 먼저 보였다. 나미 맞다! 20년 전 재수학원의 영어수업 때 지각한 나미가 문을 열고 들어설 때 가슴이 먼저 보였던 것처럼.

"늦어서 미안해. 길을 잘못 들었어. 아, 기영이도 왔구나."

벌어진 트렌치코트 사이로 청바지가 보였다. 코발트블루 청바지, 나미가 정말 맞다. 기영도 손을 들어 알은 체했다.

"다들 멋진 중년이 되었네. 그리고 정태, 너는 공무원이라며. 멋지다!"

정태는 행정고시 아래 급인 7급 공무원 시험에 합격하여 구청 녹지과장을 하고 있었다.

"은숙이는 안 왔네. 보고 싶었는데."

"친정에 갔어."

기영은 나미에게 거짓말을 했다. 그런데 누군가의 제안으로 나미는 벌주를 마셔야 했다. 지각한 벌이었다.

"반의반의 반 잔만 따라. 여자가 어떻게 소주 아홉 잔을 마시니?"

기영이 제지했다.

"기영이 네가 나미 흑기사잖아. 나미는 입술만 축이고 나머진 네가 마셔라."

하여튼 정태는 짓궂은 녀석이다. 하지만 다들 좋다, 좋다, 했다. 기영은 정태가 시키는 대로 했다. 나미가 술잔에 살짝 입술을 대면 나머지는 그가 마셨다. 일곱째 잔을 받아마셨을 때 그는 취했다. 지금까지는 서서 받아 마셨는데 술에 취하자 나미와 나란히 앉아 있던 초등학교 교사 태숙을 옆으로 밀어내고 그녀 옆에 앉았다. 그리고 나머지 2잔을 대신 마시고는 나미와 닿을 만큼 몸을 바짝 붙였다. 그때였다. 나미가 엄지와 중지를 구부린 뒤 딱 밤을 때리듯 중지를 튀겼다. 그것은 사귈 때 둘만 아는 시그널이었다. 말하기 어려울 때 그 시그널을 보내 "모임 끝나고 따로 만나자."는 의미였다. 기영이 친구들이 눈치 채지 않게 핸드폰을 무릎 사이에 끼우고 '종로빈대떡 집'이라는 짧은 문자를 보냈다. 즉시 답장이 왔다. "오케이."

첫 모임은 시시했다. 1년간의 재수생활은 너무 짧아 공유할 추억이 없었다.

*

세종문화회관 뒷골목 '종로빈대떡' 집이었다. 지난 20여 년 동안 매일 꿈속에 나타나 기영이 알아들을 수 없는 혼잣말을 하던 나미, 그녀가 지금 기영 앞에 새색시처럼 앉아 있다. 고개를 다소곳이 숙인 채.

기영이 소주 두 병과 빈대 떡 한 접시를 시켰다.

"우리가 왜 헤어졌는지 기억 안 나지?"

"기억나."

"뭔데?"

나미가 궁금해했다.

"속초였지 아마. 나미 네가 '자고 가자.'는 내말을 오해했어."

"그랬구나. 근데 지금 생각해 보면 조금 웃긴다. 서로 사랑했으니 그날 밤 네 여자가 되어 줄 수도 있었는데."

나미가 놀라운 말을 했다.

"아니야. 나는 방을 두 개 얻을 생각이었어."

기영이 가위로 빈대떡을 길게 자른 뒤 다시 작은 조각으로 나눴다. 그리고 그중 제일 작은 것을 젓가락으로 집어 나미의 입으로 가져갔다. 그녀가 목젖이 보일 정도로 입을 크게 벌려 빈대떡을 받아먹었다. 나미가 반쯤 남은 소주를 한번에 들이켰다. 나미와 기영 둘 다 오늘은 취하고 싶은 밤이었다. 나미가 망설이듯 입술을 달싹거리다가 말했다.

"음… 우리 다시 만날까?"

"…. 그래도 될까?"

기영이 나미에게 물었다. 아니다. 자신에게 던진 질문이었다.

그러자 나미가 들릴락 말락 한 소리로 말했다.

"너만, 좋다면… 난, 그래도 돼."

"지금 혼자니?"

나미가 기영의 물음을 살짝 옆으로 비껴갔다.

"아이 둘 키우고 있어."

"좋아. 다음 주 토요일 점심 먹자. 11시, 광화문 프레스 센터 옆 〈뽐므도르〉에서. 그 집 파스타가 일품이야."

기영은 한번 미룬 다음 주 토요일 처갓집 방문을 잊고 있었다. 나미과의 약속 외 다른 것이 그의 머릿속에 들어갈 틈이 없었다. 기영이 핸드폰을 달라고 했다. 나미가 잠금장치를 풀어서 주었다. 기영이 나미의 핸드폰으로 자신에게 전화를 걸었다. 이제 서로의 전화번호를 알게 되었다.

"내 와이프하고는 연락하고 지내니? 단짝이었잖아."

"걔는 모르는 전화는 아예 안 받더라. 난, 받는데, 기영이 너일지도 몰라서…."

"그랬구나."

"기영이 너도 전화 안 했잖아. 내 전화번호는 정태가 알고 있는데."

나미는 섭섭함을 드러내듯 미간을 살짝 찡그렸다.

"미안해. 부담스러워 할까 봐 못 했어. 옆에 남편이 있을지도 모르잖아."

기영은 정말 미안한 표정을 지었다. 진심이었다.

"토요일 약속 지키자!"

기영이 다음 주 약속을 나미에게 확인시켰다.

"응, 알았어. 그때 보자."

나미가 눈을 치켜뜨며 대답했다. 그녀는 저때가 제일 예쁘다. 지상에 한 발을 내디딘 천사 같다.

*

토요일은 느리게 왔다. 오늘은 원래 아내와 처갓집에 가기로 한 날이다. 아내 은숙은 안방 드레스 룸에서 옷매무새를 다듬고 화장을 하고 있었다. 출발 시간 50분 전이었다. 기영이 깨금발을 딛고 아파트 현관문을 열고 살그머니 나갔다. 승강기가 10층에서 1층으로 내려가는 동안 생각이 복잡했다. 나미가 나올까. 그녀를 만나도 될까.

기영은 지하주차장에서 차 시동을 걸었다. 그의 머릿속은 나미를 만나 그녀 얼굴을 보며 함께 파스타를 먹을 생각으로 꽉 차있었다. 그 즐거운 상상은 날 선 면도날처럼 아내와 처갓집 방문, 가장, 부모로서의 책임감 등 머릿속 생각의 신경세포를 잘랐다. 크레바스 같은, 생각의 표면에 깊게 갈라진 틈이 생겼다. 깊게 벤 그 틈에서 "Let's Meet!"와 "No! No Way!"라는 단어가 서로 부딪혔다. "만나자!"와 "안 돼!"라는 단어였다.

던져진 주사위였다. 기영은 차에 시동을 걸었다. 새로 산 차의 엔진 소리가 부드러웠다. 액셀러레이터에 닿은 구두 밑창에 힘을 줬다. 약속 시간까지 여유가 있었다. 그는 오디오 버튼을 누른 뒤 눈을 감았다. 가수 김범수가 7집에서 발표한 노래 "끝사랑"이 흘러나왔다. "~ 오직 그대만이 내 첫사랑, 내 끝사랑."

차가 움직이기 시작했다. 이 아파트는 주차장 통로가 좁아 벽에 긁힌 자국이 많았다. 기영의 차는 지하 2층에서 지상으로 나가는 회전통로 벽면에 닿을락 말락 바투 올라갔다. 기영은 곧바로 올라가지 않고 지하 1층 주차장에 차를 세웠다. 담배 세 개비를 연거푸 피웠다. 그리고 다시 차를 몰고 지상으로 향했다. 1층만 더 올라가면 나미에게 간다! 오늘 처음으로 그녀를 안아 볼 수도 있을 지도 모른다.

차가 지상으로 나가는 마지막 통로에서 핸드폰 문자 알림음이 울렸다. 화면에 '우리 딸'라는 글자가 떴다. 핸들을 잡은 기영의 손이 떨렸고 액셀

러레이터에 닿은 구두 밑창에 힘이 풀렸다. 그때마다 차가 울컥거렸다. 취중 운전 같았다. 기영이 전화를 받았다.

"서연아, 왜?"

"아빠, 빨리 와. 외할머니가 언제 도착하느냐고 자꾸 전화해."

"나, 지금 못 가. 급한 일이 생겼어. 미안해."

"또 회사 일이구나."

"……."

"아빠!"

"아빠가 미안해."

"괜찮아, 내가 엄마에게 설명 잘할게. 대신 회사일 끝내고 외할머니 댁으로 바로 와. 알았지?"

"응, 알았어. 최대한 빨리 갈게. 엄마에게 잘 설명해 줘."

기영이 전화를 끊었다. 사랑하는 딸, 중2병을 앓는 사춘기 소녀 서연이. 딸을 생각하자 가슴이 먹먹해지고 눈자위가 뜨뜻해졌다.

기영이 주차장 통로 출구를 5미터쯤 남기고 갑자기 차에서 내렸다. 차가 고장 난 것처럼 비상깜빡이 버튼을 누르고 시동을 켜 둔 채였다.

그는 걸어서 1층 아파트 마당으로 올라갔다. 그리고 퇴근할 때처럼 현관 출입구 문에 카드를 댔다. 문이 열렸다. 엘리베이터는 1층에 멈춰 있었고 아무도 없었다. 그는 열림 버튼을 눌렀다. 문이 열렸고 익숙한 동작으로 10층을 눌렀다. 10층, 계단식 아파트인 기영의 집은 10층 1호였다. 승강기가 위를 향해 올라가는 동안 이를 악물었다. 그리고 핸드폰 전원 버튼 '끄기'를 눌렀다. 액정화면이 깜깜해졌다. 땡, 하며 승강기가 10층에 멈췄고 이어서 "딩동, 10층입니다. 문이 열립니다."라는 여자의 멘트가 들려왔다. 기영은 현관문 비밀번호 '1018'을 눌렀다. 아내 은숙의 생일이다. '1, 0, 1, 8' 한 자리씩 누를 때마다 익숙한 멜로디가 들려왔다. 마지막 '8'을 누르자 "문이 열렸습니다."라는 음성이 들렸다. 그는 현관 안으로 한 발을 내디뎠다. 아내는 아무 것도 모르는 척했지만 그냥 넘어가진 않았다.

"지난번 모임 때 나미 왔지?"

"안 왔어.

"거짓말! 그럼 모임 사진 왜 안 보냈어?"

"취했어."

"당신이 취하는 사람이야?"

"그날은 그랬어. 정태가 강제로 마시게 했어."

"준다고 다 받아 마셔?"

"정태, 그녀석이 당신을 왜 안 데려왔느냐고 나를 타박했어."

아내 은숙의 얼굴이 환해졌다.

"하긴, 정태 씨가 나를 좋아하긴 했어."

그녀가 화제를 바꿨다.

"앞으로 담배 피우러 나갈 땐 전화기 두고 가!"

"왜?"

"의심스러워서."

아내는 아이처럼 거짓말을 못 한다. 기영이 웃었다. 아내와 기 싸움을 하는 이 시간이 행복했다. 기영이 장난을 쳤다.

"하긴 나도 당신이 의심스러울 때가 있어."

아내 은숙이 당황했다. 그리고 화제를 바꿨다.

"맞을래? 이제 담배 좀 끊어!"

그렇게 부부싸움 위기를 넘겼다.

*

약속을 어겼으니 화가 난 나미에게서 전화가 올 법도 한데 일체의 전화가 없었다. 기영은 미안한 마음에 먼저 전화를 할 수 없었다. 그런 상태에서 시간만 빠르게 흘러갔다. 연말이 가까워지고 있었다. 새해를 하루 앞둔 12월 31일 오후에 정태에게서 전화가 왔다. 괄괄한 평소와 달리 녀석의 목소리가 착 가라앉아 있었다.

"나미 소식 들었니?"

기영이 되물었다.

"무슨 소식?"

"나미, 암이란다. 췌장암."

기영의 목소리가 떨리고 갈라졌다.

"뭐? 췌장암 그거 치료가 힘든 암이고 엄청 아프다는데."

"말기란다. 4개월밖에 못 산대."

"……."

기영은 전화를 끊었다. 아내는 부엌에서 기영이 전화를 받는 것을 듣고 있었다. 그는 담배와 라이터 그리고 지난번 아내가 금지했던 핸드폰을 들고 현관문을 나섰다. 10층에서 승강기를 타고 내려가는 동안 기영의 눈에서 눈물이 쏟아졌다. 1층에 도착해서 밖으로 나오니 주위가 캄캄했다. 5시 30분도 안 됐는데 한겨울이라 해가 졌다. 완전한 일몰이었다. 《끝》

두 개의 문

나뭇잎이 파랄 때 나뭇잎은 정말 파란 것일까.

나뭇잎이 파랄 때, 나뭇잎은 파랗다.

주형이 마지막을 향해 달려가고 있을 때 성희도 마지막을 향해 달려가고 있었다. 두 사람은 가파른 언덕을 올라가고 있는 두 대의 증기기관차처럼 거친 숨을 뱉어내다가 한순간 수면무호흡중 환자처럼 정지 상태가 되었다. 기차는 오래전부터 그 자리에 멈춰 서 있었다는 듯, 꼼짝도 하지 않았다. 한 대는 완전히 시동이 꺼져 버린 채, 다른 한 대는 아직 기관의 엔진을 끄지 않은 듯 어둠 속에서 공회전하며.

주형과 연결된 심장박동 그래프가 바람 한 점 없는 잔잔한 아침바다의 수평선처럼 일직선을 그었고, 성희는 모텔 천장의 조명을 받아 반짝거리는 희고 깨끗한 시트로 아직도 발갛게 부풀어 있는 두 개의 젖꼭지를 끌어 덮었다.

"운명하셨습니다."

담당의가 주형의 심장박동측정기 모니터를 바라보며 짧게 말했다. 남자 세 명과 여자 한 명이 울음을 터뜨렸다.

"좋았어?"

사내가 발갛게 상기된 성희의 얼굴을 쳐다보며 말했다. 성희가 시트를 얼굴까지 잡아당기며 배시시 웃었다.

6월 22일 밤 9시 25분이었다. 한 주가 시작되는 월요일이자 빛과 어둠의 길이가 똑같은 하지였고, 낮 최고기온이 29.1℃까지 치솟았으며 날씨는 맑았으나 종일 바람이 많이 불었다. 그날 그 시간에 주형은 천국의 문 안으로 입장했고, 성희는 섹스를 경험한 이후 처음으로 천국 밖에서 천국을 맛보았다.

한때는 함께 열리고 함께 닫혔던 문이었다. 닫혀 있었지만, 빗장을 지르지 않아 둘 중 어느 한 사람이 손으로 슬쩍 밀기만 해도 쉽게 열리던 문이었다. ―적어도 두 사람 사이에선.― 그 문 중 하나는 영원히 닫혔고, 또 하나의 문은 잠시 닫힌 채 다시 열리려고 하고 있었다. 사내가 시트 속으로 얼굴을 파묻자 둔테에서 빗장이 조금씩 빠져나오며 신음이 흘러나왔다.

주형은 보고 있었다. 아니, 보였다. 하얀 가운을 입은 의사 두 명―그중한 명은 그날 밤 당직의사였다.―과 간호사, 형님과 경희 누나와 조카 영석이 눈을 감고 있는 자신을 둘러싸고 있는 것을. 레지던트로 보이는 젊은 의사가 오른쪽 젖꼭지 부근과 왼쪽 겨드랑이 아래에 패드를 붙인 뒤 심장 충격기의 버튼을 누르는 것을. 몸이 한 뼘 정도 공중으로 치솟았다가 가라앉으면 AED라고 쓰인 파란색 버튼을 끄고 당직의가 깍지 낀 손바닥으로 가슴을 수차례 압박하고 있는 장면을.

가슴이 내려갔다가 올라오면서 허파에서 바람이 빠져나가는 듯한 소리가 들렸다. 그러기를 수차례, 형님과 조카가 일련의 조치들을 지켜보고 있는 동안 경희누나는 고개를 돌려 훌쩍거렸다. 당직의사 이마에서 땀방울이 맺혔고, 레지던트가 혼잣말처럼 "반응이 없네."라며 심박동측정기의 모니터를 습관적으로 힐끗거렸다.

위에서 내려다보고 있는 주형에게 이 모든 장면들이 다 보였다. 의사들이 나누는 대화와 정희 누나의 울음소리, 심지어 간호사가 바지 주머니 속에서 휴지를 끄집어내며 부스럭대는 소리까지 들렸다.

주형은 캄캄한 터널을 지나고 있었다. 바닥도 공중도 없었다. 무엇인가 있다는 것은 차원의 세계였다. 그가 통과하고 있는 세계는 차원이 없었다. 닿는 것도 없었고 닿지 않는 것도 없었다. 닿지 않았다고 생각하는 순간 닿아있었고 닿지 않았다고 생각하자마자 그런 생각은 모든 것에 닿아 있었다. 죽은 몸을 빠져나온 혼백은 아니었다. 하늘로 돌아가는 혼이나 육신과 함께 땅에 묻히는 백이 아니었다. 하늘로 돌아가지 못해 이승을 떠돌아다니는, 귀 같은 것은 더더욱 아니었다. 기독교에서 말하는 영도 아니었다. 그것은 일종의 생각이었다. 그러나 생각이 주형은 아니었다. 생각은 생각하고 있다고 생각해야 생각이 되는데, 그는 생각 그 자체였으므로 차마 생각이라 부를 수 없었다. 존재로서의 생각, 존재 자체가 생각인 존재, 주형은 다만 그것이었다.

*

여행을 하고 있었다. 조금씩 속력을 내면서 어두컴컴한 진공터널을 통과해, 주형은 거리를 가늠하기 불가능한 어느 지점에서 새어나오는 한 줄기 빛을 향해 직선으로 때론 나비처럼 두 팔을 펄럭이며 이동했다. 그리고 마침내 광휘에 가득 찬 희고 성스러운 빛의 덩어리 앞에 도착했다. 빛과 조우한 느낌은 말로 표현하기 힘들 정도로 아름다웠다. 살면서 수없이 뇌까렸을, 아름답다는 말들이 그 빛들이 터뜨리고 있는 '아름다움' 앞에서 힘없이 쓰러졌다. 빛이 주형을 감싸 안았고, 그는 빛과 하나가 된 느낌에 휩싸였다. 빛은 아주 강렬했지만 눈부시지는 않았으며 하나의 완벽한 세계를 이루고 있었다. 그 빛의 일부분에 닿은 주형은 이곳에 계속 머무르고 싶었다. 그것은 뭐라 표현하기는 힘들지만 되돌아가고 싶지 않다는 느낌과 흡사했다. 좁고 어두운 산도를 빠져나와 난생처음 맞닥뜨린 분만실의 인공적인 빛과는 완전히 달랐다. 온유했고 평화로웠으며 양수에 잠겨 있는 듯 따스했다. 그 빛들은 이루 형언할 수 없을 만큼 끝없이 펼쳐져 있어 마치 부드러운 뭉게구름이 피어오르고 있는 하늘의 초원 같았다. 주형이 초원 속으로 스며들었다. 그리고 그의 눈 밑으로 지난 일들이 드문드문 홀로그램처럼 펼쳐지기 시작했다.

"애인이라고 해 주세요."

"예?"

"애인 모르세요? 사랑하는 남녀 사이 말이에요."

"우리는 애인이 아니······."

"그러니까 청유문으로 말씀드리잖아요. '해 주세요.'라고."

주형은 내심 불쾌한 기분이 들었다. 나긋나긋한 목소리에도 불구하고 본론부터 치고 들어오는 스타일이 마치 자신을 돈 주고 고용한 용역쯤으로 여기는 것 같아서였다. 경규의 부탁에 마지못해 나오긴 했지만 사실 처음부터 썩 내키는 일은 아니었다.

주형과 경규는 고교 동창이었고 경규는 여자의 분자생물학과 선배였다. 여자가 경규에게 부탁한 일은 누군가의 기선을 제압하는 일이었고 해결할 자신이 없었던 녀석은 고민 끝에 주형을 찾았다. 말하자면 경규가 여자로부터 받은 부탁을 다시 주형에게 떠넘긴 셈이었다. 주형은 두 사람과 같은 대학교 체육대학 유도학과 졸업반으로, 전국대회에서 두 번씩이나 우승컵을 거머쥘 만큼 실력을 인정받고 있었으며 졸업 후 대학원에 진학해 학교에 남을 계획으로 훈련을 마치면 곧장 도서관으로 달려가 이론공부도 게을리 하지 않았다. 그런데 며칠 전 도서관을 급습한 경규가 주형을 다짜고짜 술집으로 끌고 갔다. 소주가 서너 병 비워졌을 때 그가 말했다.

"야, 친구 한번 살려 주라."

경규는 여자처럼 희고 가느다란 손가락으로 머리를 긁적거렸다.

"너 이 자식, 또 지갑 안 가져왔다는 말 하려는 거지? 오늘도 사기 치면 정말 죽인다."

주형이 으름장을 놓으며 지난번 술자리에서의 일을 상기시켰다.

"아냐, 오늘은 내가 2차까지 쏜다."

경규가 지갑에서 빳빳한 오만 원권 지폐 네 장을 꺼내 흔들었다. 요 며칠간 눈에 띄지 않더니 이모가 운영하는 노래방에서 카운터를 봐 준 모양이었다.

"무슨 일인데?"

"강성희라고, 내가 여러 번 말했던 우리 과 후배 있잖아."

"강성희?"

"그래. 학과 대표 맡고 있는 3학년 여자애."

주형은 그제야 경규가 한동안 술에 취할 때마다 들먹이던 이름이 성희였다는 기억이 어렴풋이 떠올랐다. 애가 참한데 콧대가 너무 세서 포기하고 대신 선후배로 친하게 지낸다는 얘기를 들은 적이 있는 것 같았다.

"접었다더니 금세 마음이 바뀐 모양이네."

"그게 아니라 해결사 노릇하게 생겼어."

경규가 무표정하게 자신의 얼굴을 바라보고 있는 주형이 못마땅한지 헛기침을 두어 번 했다.

"스토커가 괴롭히는 모양이야. 그것도 아주 지독하게."

"스토커라니, 갑자기 무슨 말이야?"

주형이 입으로 가져가던 술잔을 멈칫거렸다.

"길 건너 T 대학 친군데……."

원래부터 답답한 녀석이었다. 친구가 아니라면 업어치기 한판으로 바닥에 메다꽂고 싶을 때가 많았다. 주형이 벌컥거렸다.

"인마, 새까맣게 탄 누룽지 안 보여? 뜸들이지 말고 퍼뜩 말해 봐."

"소리 지르지 마. 나 심장 약하단 말이야."

경규의 놀란 눈을 쳐다보며 주형이 장난스럽게 말했다.

"쏘리 쏘리. 소리 안 지를 테니까, 친구여 빨리, 제발 빨리만 말해 주오. 내 심장이 먼저 펑크 날 것 같아요."

종강을 며칠 앞둔 학교 후문 쪽 호프집은 학생들이 빽빽하게 들어차 있었다. 빈자리를 찾기 힘들 정도였다. 어둠이 슬금슬금 내려앉아야 할 저녁이 가까워져 오는데도 통유리창으로 내다본 바깥은 환했다. 탑 블라우스만 걸친 여자 둘이 신호가 끊기기 직전의 횡단보도로 들어서면서 우회전을 하던 트럭의 사이드미러와 아슬아슬하게 어깨가 스쳤다. 여자들은 도로 한가운데 껌을 내뱉더니 맞은 편 유흥가 골목 안으로 빠르게 사라졌다.

"3개월 전부터 아예 강의실 앞에서 죽치고 있나 봐. 공대생인데 수업이고 뭐고 다 때려치우고 성희만 졸졸 따라다닌다고 하네. 심지어는 성희가 드나드는 지하철역 5번 출구 앞에서까지. 이러니 사람이 안 미칠 수 있겠니. 따로 만나서 타일러 보기도 했는데 요지부동이래. 심지어 사랑을 못 이룰 바엔 같이 죽자고까지 했대."

"그 자식 부모가 불쌍타."

주형이 창문에 달라붙어 있던 시선을 떼 내며 말했다. 시선이 떨어져 나간 유리창으로 한 움큼의 석양빛이 쏟아져 들어왔다.

"오죽했으면 나한테 부탁했겠냐? 네가 봐도 나 비실거리잖아."

경규가 에이즈 말기 환자처럼 검은 주근깨로 뒤덮인 가느다란 팔목을 주형에게 내밀며 웃었다.

"하긴 오죽했으면."

"처음엔 그러거나 말거나 했는데 이젠 생명의 위협까지 느끼나 봐."

"왜 같이 죽자며 칼이라도 들이 밀었대?"

"그건 아닌데, 얼마 전엔 알랭 드 보통의 《왜 나는 너를 사랑하는가》 책을 던져 주고 갔는데 성희가 펴 보니 첫 장에 혈서로 이렇게 쓰여 있더래."

"혈서씩이나? 그 자식 무슨 독립운동하냐."

해거름 녘의 석양이 유리창에 스며들면서 주형의 얼굴이 조금씩 불그레해지기 시작했다. 경규가 백태가 허옇게 낀 혓바닥으로 마른 입술을 한번 훔쳤다.

"당신의 내세까지 기꺼이 함께할 W로부터, 이렇게 적혀 있더라는 거야."

"열대야에 납량특집까지. 야, 올여름 진짜 덥다, 더워."

주형이 손바닥으로 탁자를 내려치더니 벌떡 일어섰다.

"너 오늘 노래방도 책임지는 거야 알았지!"

그날 경규는 지갑을 탈탈 털었다. 집에 돌아갈 때는 만취한 녀석의 호주머니에 택시비까지 찔러 주었다.

주형은 다음 날인 오늘 오후 5시에 성희와 마주하고 있었다.

"애인? 이것 참, 아 알았어요. 1시간 내로 올 테니 술이나 왕창 사 주세요."

"〈엘 아모르〉에서 기다릴게요."

여자가 약속장소를 일방적으로 정했고, 주형은 그 길로 지하철 5번 출구로 달려갔다. 성희가 말한 대로 스토커는 팔짱을 낀 채 누군가를 기다리는 것처럼 주위를 두리번거리고 있었다. 생각했던 거와는 달리 상대는 쉽게 고개를 꺾었다. 날씨도 더운데 굳이 완력을 써 가며 땀을 흘릴 필요조차 없었다. 주형의 이글거리는 눈빛과 반팔 라운드 티를 가득히 밀어내고 있는 단단한 근육에 눌린 녀석은 "죄송합니다."라는 말을 내뱉고는 지하철 계단을 도망치듯이 뛰어 내려갔다. 주형은 남자의 흔들리는 등짝을 무연히 바라보다 발걸음을 옮겼다. 잘 해결되었다고 경규에게 전화를 해 줄까 생각하다 픽, 하고 웃음이 났다. 술병이 났다는 핑계로 코빼기도 비치지 않은 녀석. 7월의 태양이 짧은 머리칼이 겨우 가리고 있는 두피 속으로 남은 열기를 쏟아 부었다.

*

〈엘 아모르〉. 카페 겸 주점인 이곳은 학생들 사이에 제법 인기가 있었다. 스페인어로 사랑을 의미하는 가게 이름 그대로, 사랑하는 연인들끼리 분위기를 잡고 싶거나 특별한 날―이를테면 생일이라든지 만난 지

100일째 되는 날 따위의—에 주로 찾는 곳으로 앉았다 하면 10만 원을 훌쩍 넘기는 비용이 다소 부담스럽긴 했지만 일 년에 한 번쯤 그윽한 눈빛으로 서로를 바라볼 수 있다는 것만으로 커플들은 기꺼이 지갑을 열었다. 엘 모르가 유명해진 데는 주인이 퍼트린 건지 모르겠지만 여기서 고백을 하면 사랑이 이루어진다는 루머까지 한몫을 했다. 썸을 타는 중인 학생들은 이곳을 수시로 들락거리며 소문의 진위를 확인하곤 했다.

실내는 넓고 조용했다. 주형이 카운터를 지나치는데 천장의 간접조명이 벽을 타고 은은하게 흘러내리는 구석진 자리에서 손이 번쩍 올라왔다. 출입문을 밀고 들어설 때부터 여자가 보고 있었던 것 같았다. 한 시간 전 커피숍에서 처음 만났을 땐 몰랐는데, 민소매 밖으로 빠져나온 동그란 어깨가 참 곱다고 생각했다. 어깨뼈를 감싸고 있는 피부가 조명을 빨아들이며 우윳빛으로 반짝거렸다.

"해결하셨겠죠?"

여자가 웃고 있었다. 조명에 반사된 도톰한 입술이 아침이슬을 듬뿍 머금고 있는 길가의 풀잎처럼 촉촉해 보였다.

"이젠 댁이 애걸복걸해도 안 만나 줄 겁니다."

주형이 어깨 쪽으로 시선을 옮기며 말했다.

"아, 아, 좋아라. 정말 수고하셨어요."

도도하고 자칫 무례해 보이기까지 하던 첫인상과는 달리, 여자는 두 발을 구르며 어쩔 줄 몰라 하는 표정을 지어 보였다. 생일선물을 받아들고 아빠 어깨에 폴짝 매달리는, 가식이라고는 전혀 부릴 줄 모르는 철부지 어린아이처럼 굴었다. 자세히 보니 북방여인처럼 눈꼬리가 살짝 찢어져 있는 데다 그 흔한 쌍꺼풀조차 없어 성형을 전혀 하지 않은 자연 그대로의 얼굴이었다. 쇼윈도의 마네킹 같은 요즈음의 인공미인들과는 애당초 거리가 멀어 보였다. 웃을 때면 목젖조차 스스럼없이 다 드러낼 정도로 내숭이라고는 눈곱만큼도 찾아보기 힘들었다. 오직 본능에 따라 희로애락을 가감 없이 보여 주는 그 모습이 처음엔 조금 당황스러웠으나 차츰 주형의 눈에 순수함으로 다가왔다. 스토커 녀석이 이 여자에게 왜 그렇게 목을 매달았는지, 왜 혈서까지 써야 했는지 이제야 알 것 같았다

"근데 여기는 내 주량을 감당하지 못할 것 같은데."

주형이 영어로 복잡하게 쓰인 메뉴판을 뒤적거리며 웃었다.

"그래도 오늘은 소주 사절이에요."

"그럼 제 몫까지 알아서 시켜 주세요."

"정말요? 그래도 오늘의 주인공은 주형 씬데."

"운동만 하는 놈이라 복잡한 건 질색이거든요. 특히 메뉴판에 쓰인……."

여자가 알아들었다는 듯 고개를 끄덕거리며 웨이터를 불렀다.

"경규 불러낼까요."

주형이 여자의 눈을 찬찬히 들여다보며 말했다.

"아니요. 오늘은 우리 둘이서만 축하하고 싶은데요."

잠시 후 남자 웨이터가 병마개 부분에 풀을 빳빳하게 먹인 빨간 망토를 뒤집어씌운 듯한 와인 한 병과 치즈, 청포도와 잣이 담긴 은쟁반을 통째로 놓고 나갔다.

"나쁜 사람같이 보이진 않았어요."

"싸우셨나요?"

"웬걸요. 그 친구도 오늘이 올 들어 최고 더운 날이라는 것을 알고 있었나 봐요."

"여차하면 후리기 한판으로 제압할 줄 알았는데, 싱겁게 끝났네요."

여자가 깔깔거렸다. 웃을 때마다 눈이 반달 모양으로 접히고 턱 아래쪽에 얕은 보조개가 패였다. 유도 기술에 관한 주형의 말이 잘 이해되지 않을 땐 마치 상대의 말을 머리로 받아들이는 것이 아니라 가슴으로 끌어안듯 숨을 깊이 들이마셨다가 천천히 내뱉곤 했다. 말이 끊어지면 청포도 송이에서 한 알이나 두 알을 떼어내 주형에게 건네주기도 했다. 주형도 가끔씩 굳은살 박인 두툼한 손바닥으로 잣을 집어 여자에게 건넸다. 와인 두 병이 금세 비워지자 주형이 여자에게 허락을 얻어 보드카를 주문했다. 그것도 채 한 시간이 지나지 않아 시베리아의 설원처럼 하얗게 바닥을 드러냈다.

"술이 정말 세네요."

주형이 대답대신 여자의 이름을 처음으로 불렀다.

"성희 씨."

"네."

"성희 씨."

"네?"

"성희야."

"취하셨네요."

"안 취했어요."

"취했는데요. 오늘 하루만 봐줄게요."

"세 시간 전에 나보고 애인 해 달라고 부탁했죠?"

"그거야 음…… 그래야만 스토커가 물러설 것 같아서."

"이젠 내가 부탁해도 될까요?"

"아아, 어쩌나."

"왜요?"

"들어줘야 할 것 같아서요."

그렇게 주형과 성희는 애인이 되었다. 〈엘 아모르〉의 여주인이 밤마다 퍼뜨렸을 소문을 마치 증명이라도 하듯.

연인이 된 둘은 1년 동안 대한민국을 샅샅이 훑었다. 최북단인 강원도 고성부터 땅끝마을까지. 제주도와 우도, 울릉도와 독도도 한 차례 다녀왔다. 내년부터 틈나는 대로 국내 오지마을과 남미로 진출할 계획을 세웠다. 해가 바뀌자 성희는 바이오관련 기업체에 취직할 요량으로 스펙 쌓기에 몰두했고 주형은 석사과정에 무난히 진학해 학과 조교를 맡았다. 인터넷에 떠도는 사랑의 유효기간이라는 말은 〈엘 아모르〉의 루머에 비하면 신뢰도가 0%에 가까웠다. 약효가 떨어지면 사랑도 식는다는 주장은 불길한 토정비결 때문에 방 안에서 이불을 뒤집어쓴 채 한 해 동안 꼼짝도 하지 않는 짓거리처럼 믿을 게 못됐다. 도파민이니 옥시토신이니 하는 호르몬이 끝없이 흘러나왔으며 주형과 성희의 사랑은 무적의 엑스칼리버 검이었다. 칼을 교대로 휘두르기만 해도 시간의 방패는 고통스럽게 피를 뿜어내며 숨을 거두었다. 시간이 끝까지 움켜쥐고 있던 방패는 도끼에 팬 마른 장작처럼 반으로 갈라져 있었다. 사랑에 눈이 먼 연인답게, 가진 것 모두를 서로를 향해 아낌없이 쏟아 부었다. 결혼하기 전까지 100번을 채운다는 옹골찬 목표를 세워 화끈하게 사랑도 나누었다.

왕십리 토박이인 주형과 달리 성희는 장흥에서 올라온 소위 국내 유학

파였다. 3학년까지 기숙사에서 생활하다가 신청마감일을 깜빡 놓치는 바람에 4학년 1학기부터는 부득이 신촌에 원룸을 얻었다. 방값과 생활비의 절반은 시골에서 부쳐 주는 대신 나머지는 아르바이트로 해결했다. 성희가 다니는 생물학과는 분자생물학 분야에서는 국내 대학 중 최고였다. 취직률에 있어서 선두를 빼앗긴 적이 한 번도 없었다. 교수들은 작년까지의 통계로 볼 때 올해도 졸업생의 90% 이상이 국가연구소나 기업체에 무난히 입사할 수 있을 것으로 내다봤다. 성희에게는 새로운 꿈이 생겼다. 취직 후 바로 결혼식을 올리고 주형이 전임을 딸 때까지 뒷바라지를 하겠다는 독한 결심이었다. 일주일간 머뭇거렸지만 주형도 성희의 제안을 진심으로 받아들였다. 교수가 되기만 하면 그동안의 희생을 천 배로 갚아 준다는 조건을 내걸었다. 하루에 키스 열 번, 사흘에 한 번 천국행 몸 기차 태워 주기, 국내 여행은 최소한 일박 이일로. 여름휴가 때는 해외 여행. 성희가 목젖을 드러내며 깔깔거렸다. 두 사람은 가위바위보 게임을 하며 가파르고 지루한 계단을 오르기 시작했다.

 늦가을이었다. 캠퍼스는 온통 황금빛으로 넘실거렸다. 백양나무와 모과나무의 노란 잎들과 두 나무들 사이에 낀 노르웨이 단풍나무는 붉게 물든 이파리를 흔들며 잎으로서의 마지막 자태를 한껏 드러내고 있었다. 성희가 다니는 생명과학대는 정문에서 100여 미터 정도 떨어진 본관 옆에 있었다. 체육대학과 대학원 건물은 캠퍼스 맨 안쪽 후문 가까이에 있었다. 주형은 오전에 두 시간짜리 유도트레이닝방법론에 관한 이론수업을 듣고 다음 주까지 제출해야 할 리포트 작성을 위해 도서관으로 가고 있었다. 타원형의 캠퍼스는 정문에서 후문 방향으로 오르막길이 계속되어 학생들은 주로 후문을 이용했다. 각종 편의시설과 음식점, 주점, 피시

방들도 모두 그쪽에 몰려 있었다. 그는 이마를 짧게 덮고 있는 머리칼을 손으로 한번 빗어 올리고는 하늘을 올려다보았다. 오전까지만 해도 돌멩이를 던지면 금방이라도 쨍그랑하며 유리창 깨지는 소리를 낼 것처럼 맑고 청아한 하늘이었는데, 어느새 먹구름이 잔뜩 몰려와 있었다. 바람이 캠퍼스 광장을 가로지를 때마다 나뭇잎들이 공중으로 흩어졌다가 종이비행기처럼 머리 위를 지그재그로 날아다녔다. 방향을 잃은 잎들은 광장 한가운데로 떨어졌다가 다시 바람에 실려 학생들이 걸어 다니는 도로 양옆으로 떼 지어 몰려다녔다. 어떤 잎들은 단과대학 입구까지 쫓겨났다가 더 이상 물러날 데가 없다는 듯 출입구 옆 구석진 곳마다 야트막한 봉분을 만들었다. 주형이 숨을 몰아쉬며 분수대를 지나가고 있을 때 바지 호주머니에 넣어둔 핸드폰이 바르르 떨리며 수십 마리의 그리마가 기어가는 것처럼 허벅지를 간지럽혔다. 수업 때 진동으로 해 놓은 걸 깜빡 잊고 여태 풀지 않았던 모양이었다. 홈버튼을 누르자 화면에 '베아트리체'라는 문자메시지가 떠 있었다. 베아트리체는 주형이 지어 준 성희의 애칭이었다. 단테가 사랑한 여인, 그것도 아홉 살 때 첫눈에 반해 죽을 때까지. '신곡'의 첫 장부터 마지막 장까지 도배한 여인. 단테가 그녀의 아름다움과 선량함에 반한 일생토록 무한한 존경을 바친 여인. '연옥'편에서 그곳을 여행하는 자신을 줄곧 눈부시게 비춰 주다가 마침내 천국으로 올라가는 영적인 존재 베아트리체. 비록 딴 남자와 결혼한 뒤 24살의 어린 나이로 짧은 생을 마감하지는 않았지만, 주형에게 성희는 베아트리체와 같은 불멸의 여인이었다. 주형이 벤치에 가방을 내려놓고 문자를 읽었다.

"주형 씨 미안 ㅠㅠ. 내 침대 옆에 분자생물세포학2 책이 있을 거야. 좀 갖다줄래. 비밀번호 알지? 어제보다 더 사랑해."

성희가 없는 성희의 방은 낯설었다. 수시로 들락거렸고 한 달에 두어 번 같이 술을 마시다 자고 가기도 했던 터라 제 집처럼 편안하고 익숙했는데 그것은 어디까지나 집 주인인 성희가 있었기 때문이었다. 아무도 없는 원룸에 들어선 주형은 자신이 마치 빈집털이범이라 된 것처럼 마음이 편치 않았다. 계단을 올라오는 사소한 발자국 소리에도 신경이 쓰였고 금방이라도 5층에 사는 집주인이 문을 열고 들어올 것 같아서 잠금장치를 확인하기까지 했다. 손바닥만 한 원룸이라 책은 금방 눈에 띄었다. 침대 머리맡에 분자생물세포학이라고 쓰인 두꺼운 양장본과 김애란, 공지영의 소설책 두 권이 이불 위에 무질서하게 흩어져 있었다. 주형이 들릴 때마다 성희의 원룸은 깔끔하게 정리되어 있었는데, 똥 누는 모습 외에 감추는 것이라고는 전혀 없을 것 같던 성희에게도 이런 면이 있구나 생각하니 저절로 웃음이 나왔다. 찬찬히 살펴보니 늘 잠겨 있던 맨 아래쪽 책상 서랍도 배꼼히 열려 있는 데다 꽃무늬 양말 한 짝과 아무렇게나 접어 놓은 민소매 블라우스가 의자 팔걸이에 구겨져 있었다. 화장실 문도 열려 있었으며 아까부터 역한 냄새가 나서 고개를 돌려보니 싱크대에 퉁퉁 불은 라면과 김치 조각들이 국물이 반쯤 남은 양은냄비에 담겨 있었다. 주형은 '여자란 역시.' 혼잣말로 중얼거리며 소설책들을 주섬주섬 집어 책꽂이에 가지런하게 꽂은 뒤 서랍을 닫으려 허리를 숙였다.

허리를 숙이지 말았어야 했다. 발끝으로도 얼마든지 닫을 수 있었는데, 허리를 굽히자 고개가 자연스럽게 숙여졌으며, 서랍을 닫으려다 자신도 모르게 서랍을 당겨 버렸으며 그러자 서랍이 통째로 끌려나왔으며 맨 안쪽에 까만 가죽장정이 입혀진 수첩 같은 것이 눈에 띄었다. 잠금장치가 수첩 허리를 두르고 있지만 않았어도 그냥 서랍을 제자리에 밀어 넣었을

지도 모른다.

주형은 수첩의 똑딱이 단추를 끌렀다. 힘을 가하자 수단추가 암단추의 앙다문 세계를 밀어내기 시작했다. 맞물려 있던 두 개의 세계가 분리되면서 똑 하는 소리가 났고, 하나의 세계를 잃어버린 공간은 눈알이 빠져나간 눈구멍처럼 텅 비어 있었으나 안쪽까지는 보이지 않았다. 오랫동안 합체된 세계였을, 그러나 주형에게 하나의 세계를 빼앗겨 버린 암단추의 깊고 어두컴컴한 세계에서 지금까지 한 번도 보지 못한 무언인가 튀어나올 것 같았다.

주형이 수첩의 표지를 넘기고 떨리는 손으로 그 수첩을 다시 덮는 데는 채 십 분이 걸리지 않았다. 자신의 집중력에 스스로 놀랄 정도였다. 아까부터 손가락 끝이 파킨스병 환자처럼 떨리고 있었다. 아무리 힘을 줘도 떨림은 잘려 나간 도마뱀 꼬리처럼 한동안 주형의 손끝에서 파닥거렸다.

수첩에는 성희의 지난 5년이 연대기로 기록되어 있었다. 고등학교 2학년인 18살 때부터 주형을 처음 만났던 작년 7월까지, 그녀가 만난 남자들과 특별히 기억에 남을 만한 사건이나 이벤트, 헤어진 날짜가 시간 순으로 상세하게 적혀 있었다. 기록에 따르면 주형은 네 번째 남자였다. 과거가 좀 복잡하긴 했지만 성희는 보면 볼수록 매력적인 여자였으므로 몇몇 남자들과 연애하고 헤어진 것쯤이야 충분히 이해하고 넘어가 줄 만했다. 놀라운 것은 스토커가 세 번째 남자였다는 사실이었다. 송철규, 단추를 끄르기 전까지 주형의 대뇌에 스토커로 저장되어 있던 남자의 이름이었다. 자신과 심지어 눈치 빠른 경규마저 철저하게 속아 넘어갔다는 배신감에 친구에게 확인을 하기 위해 핸드폰을 꺼냈다가 도로 집어넣었다. 흥분이 경규가 일본으로 유학을 떠났다는 사실조차 깜빡하도록 만들었다. 주형은 머릿속에 달라붙은 벌레를 떼어내는 것처럼 고개를 좌우로 흔들었다. 머리를 흔들고 있을 동안 거꾸로 덮어 놓은 수첩 밑에서 흉측한 가면을 뒤집어쓴 배신과 분노, 미움과 의심 같은 요상한 괴물들이 스멀스멀 기어 나왔다. 그것들은 한순간 수십 마리의 날것으로 변해 주형의 눈앞을 어지럽게 날아다녔다. 서로 부딪힐 때마다 한 마리가 두 마리, 두 마리가 네 마리씩으로 체세포분열을 거듭하더니 마침내 온 방 안이 벌레들의 날갯짓 소리로 가득 찼다.

불가피한 사정이 있었을 거야. 자세를 고쳐 앉으며 주형은 되도록이면 평정심을 유지하려고 애썼다. 상대와 마주한 경기장에서처럼, 숨을 깊게 빨아들인 뒤 천천히 내뱉었다. 평정심을 잃으면 그 경기는 해 보나 마나야. 실력이 종이 한 장 차이인 본선에선 곧 승부를 결정짓는 거야. 감독이 예선을 통과한 선수들에게 귀에 딱지가 앉을 만큼 강조하던 훈시였다. 하지만 이것은 이기고 지고의 문제가 아니었다. 배신과 분노의 급류를 맨몸으로 헤엄쳐 용서와 이해의 초원이 펼쳐져 있는 강 너머로 건너가야 하는 문제였고 군데군데 도사리고 있는 불신의 소용돌이 속으로 빨려 들어가지 않기 위해 버둥거려야 하는 문제였다. 이해를 하기 위해선 먼저 2년 전의 기억을 떠올리는 게 필요했다. 도대체 성희는 무슨 마음으로 옛애인에 대한 아무런 설명 없이 단지 스토커라는 한마디 말로 경규와 자신을 속였을까. 만약에 철규가 도망치지 않고 자신의 정체를 밝혔다면 금방 탄로 날 거짓말이 아닌가. 머리 좋은 성희가 그 정도도 예상하지 못할 만큼 어리석지는 않을 것이다. 그렇다면 경규와 자신을 철저하게 무시했다는 것으로 밖에 설명이 안 된다. 옛애인을 떼어내기만 있다면 무슨 짓이라도 할 수 있는 여자, 지금껏 내가 사랑한 베아트리체가 바로 그 여자란 말인가. 문득 철규와 처음 대면했던 장면이 떠올랐다. 그때는 꼬리를 말아 넣고 도망쳤다고 생각했는데 가만히 생각해 보니 그는 도망친 것이 아니었다. 겁먹은 얼굴도 아니었고 다만 예의가 바른 청년이었을 뿐이었다. 성희에게 새 애인이 생겼다고 판단한 그 친구는 남자답게 순순히 물러났던 거였으며, 지하철 출입구에서 바라본 철규의 흔들리는 등짝은 비겁함보다는 슬픈 남자의 속울음이었을 가능성이 높았다. 그것을 꼬리를 말아 넣고 줄행랑쳤다고 착각해 성희에게 우쭐거렸던 자신의 치기가 부끄러워지기 시작했다. 아까부터 몇 차례 핸드폰이 울리고 있었지만 주형은 전화를 받지 않았다. 술이 필요했다. 술이 필요해 현관문을 잠그지도 않고 원룸건물 앞 미니스톱에서 소주와 맥주를 사와 안주도 없이 병째 술을 들이켰다. 한 시간이 지나자 술병을 기울여도 더 이상 아무 것도 나오지 않았다. 그때쯤 채광창이 어둑어둑해지면서 맨 먼저 벽지에 장식된 동백꽃들의 목이 뚝뚝 부러졌고 이어 천장이 사이키조명처럼 빙글빙글 돌아가더니 한쪽으로 기울어진 방바닥이 공중으로 떠오르기 시작할 무렵, 주형은 정신을 잃었다.

눈을 감고 있어도 누군가의 안광이 눈꺼풀 속으로 파고들 때가 있다.

"무슨 짓이야!"

성희가 한손에 핸드폰을 들고 큰 대자로 누워있는 주형을 위에서 노려보고 있었다. 방안이 정돈된 것으로 보아 도착한 지 한참이나 된 듯 보였다.

"왔어?"

주형이 아직 술이 덜 깬 벌건 얼굴로 몸을 부스스 일으켰다.

"지금 내 집에서 무슨 짓을 한 거냐고 묻고 있잖아."

"그건 내가 묻고 싶은 말이네."

주형이 널브러져 있는 술병들을 한쪽으로 치우며 말했다.

"수업 때문에 책 좀 갖다 달라 했더니 대낮부터 만취해서. 자기, 알코올 중독자였어?"

성희가 두꺼비처럼 양 볼에 바람을 잔뜩 불어넣었다. 화가 많이 났다는 표시였다.

"차라리 알코올중독자였음 좋겠다. 알코올중독자들은 술 마실 동안 오직 술만을 생각하잖아."

"치사하게 서랍은 왜 뒤졌어! 남의 일기장이나 훔쳐보고!"

성희가 서랍에서 수첩을 꺼내 방바닥에 내팽겨 쳤다.

"그건 미안해. 하지만 보려고 본 건 아니야. 그냥 열려 있길래."

"아무리 사랑하는 사이라도 프라이버시가 있는 거야. 넌 네 똥 누구에게 보여 주니?"

"내가 너한테 누구밖에 안 되니?"

"살아 숨 쉬는 모든 것들은 서로에게 다 누구밖에 안 돼. 그게 살아 있다는 증거야."

"그런 건 괜히 똥 폼 잡는 개똥철학자들이나 하는 말이지. 생물학 전공한다고 유식한척 하지 마."

성희가 수첩에 아무것도 적혀 있지 않은 듯, 분을 삭이지 못하고 팔짱을 끼었다 풀었다 했다. 주형은 어안이 없었다. 정작 화를 낼 사람이 누군데 성희가 위기를 모면하기 위해 선수치고 있다는 생각이 들었다.

"제발 내가 유식한 척 굴지 않도록 행동해 줬으면 좋겠어."

평생 유도와 관련된 전공 책 외엔 독서를 하지 않는 주형을 비꼬는 말이었다. 아킬레스건을 걷어차인 주형이 소리쳤다.

"그러는 넌 얼마나 유식해서 걸……."

아무리 화가 나도 결코 입에 담아서는 안 되는 말이었다. 주형이 혀끝에서 떨어져 나가려고 하는 뒤 음절을 빠르게 낚아챘다.

"그래, 난 걸레다. 걸레는 빨아도 걸레라며? 그럼 걸레 년하고 노는 넌 뭐니?"

성희가 두 손으로 얼굴을 감싼 채 주저앉더니 결국 울음을 터뜨렸다. 죽을 만큼 욕을 얻어먹다가 겨우 멱살 한번을 잡았는데, 죄를 옴팍 뒤집어 쓴 꼴이 되고 말았다. 성희가 경규와 주형을 속인 사실과 복잡한 애정 행각들은 온데간데없어지고 수첩을 훔쳐본 사실만 한입에 삼키기 힘든 뻥튀기 과자처럼 크게 부풀려졌다. 게다가 한번 밀리기 시작하자 수첩에 적힌 것들을 물어보기는커녕 그녀가 뱉어내는 불만에 대해 제대로 반격할 기회조차 주어지지 않았다. 지지난달 성희의 생일날, 초대한 친구들 앞에서 술에 취해 횡설수설했던 일, 여자가 먼저 결혼이야기를 끄집어내도록 만든 무례함, 어깨에 비듬을 잔뜩 묻히고 다니는 지저분함, 그물에 걸린 고기라 생각하지 않고선 전화를 제때 받지 않는 일이 절대 생길 수 없다는 등 말도 되지 않는 불만을 끝없이 쏟아내기 시작했다.

갑자기 성희가 가증스럽게 느껴졌다. 비록 사실이라 해도 일기장을 들키기 전까지 단 한 번도 불평을 늘어놓은 적이 없었던 사소한 것들이었다. 그중 어떤 것들은 오히려 "그런 점 때문에 내가 끌렸어."라고까지 했던 적이 있었다. 주형은 문득 철규가 생각났다. 옛사랑을 못 잊어 성희 곁을 맴돌다가 하루아침에 주홍글씨가 새겨진 남자. 전례로 볼 때 어느 날 격투기 한국 챔피언이 찾아와 자신을 스토커로 몰아붙일지도 모를 일이었다. 더 이상 끌다간 성희의 뺨을 한 대 때릴지도 모를 일이고 그런 일이 벌어진다면 지난 2년간의 추억은 고사하고 추한 기억만 남을 것 같았다. 주형이 가방에 넣었던 분자생물학 책을 꺼내 그녀의 책상에 올려놓았다. 그리고 현관문을 향해 걸어갔다. 등 뒤에서 성희의 울음 섞인 목소리가 들렸다.

"그 문 나서면 우리 끝이야."

주형이 그 문을 나섰다. 《끝》

붉은 눈

잠결에 현관문 열리는 소리를 들었다. 아이들이 들어오는 모양이었다. 잠깐 눈을 붙였는데 시간이 그렇게 흘러 버린 줄 몰랐다. 시계를 보니 저녁 8시를 넘겼다. 오늘은 입맛이 없어 점심과 저녁도 걸렀다. 영규는 몸을 일으켜 부엌 뒤 베란다로 통하는 문을 열고 밖으로 나갔다. 보안등이 꺼져 있는 아파트 마당 정원 가장자리에 막 이식한 듯 밑동이 기울어진 벚꽃나무가 쓰러질 듯 위태위태해 보였다. 나무는 저녁 바람에 유령처럼 몸을 흔들고 있었다. 이맘때는 봄바람이 까탈을 부릴 때였다.

일 년 전 그날 밤에도 바람이 많이 불었다. 그날은 바람이 몰고 온 황사 때문에 시야가 온통 뿌옜다. 일주일간의 회사 일을 점검하고 마무리해야 하는 금요일이었다. 마케팅 사업부 이사인 그는 대학 후배인 인사부 송 부장에게 내부적으로 상무승진이 확정되었다는 정보를 귀띔 받고 설레는 마음으로 차 시동을 걸었다. 정기승진일은 다음 주 수요일이었다. 집에 빨리 가고 싶었다. 아내에게 전화를 했지만 한 시간 내내 통화가 되지 않았다. 영수와 희수, 두 딸도 전화를 받지 않았다. 무슨 사고가 난 것일까. 가속페달을 밟으며 영규는 불안해지기 시작했다.

승진을 눈치 챈 사업 2팀 최 부장의 애교로 부하직원들과 소주 두어 잔을 마신 탓인지 고속도로를 지나 국도에 들어설 때부터 속이 울렁거리고 얼굴이 화끈거렸다. 마음이 편치 않았다. 방송에 나오는 음주운전 일제 단속이 떠올랐고, 그는 겁이 덜컥 나 국도변에 차를 세우고 담배를 한 대 피우면서 정신을 가다듬었다. 회식이 끝날 무렵 전화를 했지만 오늘은 대리운전 수요가 많은 금요일이라 운전기사가 없다고 해서 어쩔 수 없이 차를 몰았다. 차를 세운 곳은 주거지 형성이 안 된 허허벌판이었다. 이 시간에 외진 국도변에 차를 세우고 있다가는 순찰차에 불심 검문을 당할 가능성이 높았다. 음주운전이 들통 나는 것이다.

영규는 다시 시동을 걸었다. 뽑은 지 한 달밖에 안 된 신차는 부드러운 날숨을 내뱉었다. 영규는 아내와 곧 있을 상무 승진의 기쁨을 나누고 싶었다. 집 앞 가게에서 맥주 몇 병과 육포를 산다. 상무가 되기만을 목 빠지게 기다려 온 아내에게 술 한 잔을 따라 준다. 결혼 24년 만에 사랑해, 라는 말도 귓가에 불어 넣어 줄 것이다.

국도를 따라가면서 상상했던 달콤한 장면들이 파노라마처럼 그의 머릿속에서 펼쳐지며 가속 페달을 밟고 있는 발에 힘이 들어갔다. 천연색 조명이 반짝거리는 번화가 사거리가 보였다. 영규가 살고 있는 아파트 단지로 접어드는 진입로 쪽에 상가와 빌딩들이 휘황찬란하게 불빛을 뿜어냈다. 승진을 축하해 주고 있는 것처럼 느껴졌다. 작년 이맘때 승진에 탈락한 날, 회사인근 주점에서 폭음했다. 택시 안에서 오물을 쏟아내고 화가 난 운전기사와 멱살잡이한 기억이 떠올랐다. 지금의 휘황찬란한 불빛은 작년, 풀어진 동공 안으로 거머리처럼 파고들던 절망의 불빛이 아니었다. 오늘은 고향집 마루에 달려 있는 촉수 낮은 백열등처럼 따스했고, 네온사인은 축하해, 그동안 고생했어, 라고 어깨를 토닥거려 주는 것처럼 깜빡였다.

그때였다.

영규가 우회전을 하려고 핸들을 돌렸을 그때, 갑자기 길 맞은 편 가로수 뒤에서 시커먼 물체가 뛰쳐나와 차 앞 범퍼에 부딪히더니 논두렁 아래로 떨어졌다. 가슴이 철렁 내려앉았다. 영규는 불안한 마음을 가라앉히려 잠시 눈을 감았다. 길고양이나 유기견일 거야, 하고 마음을 진정시켰다. 하지만 부딪힌 물체가 너무 컸다. 그것은 차 보닛 위까지 튀어 올랐다가 비명을 내지르며 떨어졌다. 창문을 닫고 있어 희미하게 들렸지만 비명은 분명 사람 음성이었다. 내가 사람을 치었단 말인가, 술까지 마신 상태에서! 핸들을 쥐고 있던 손이 부들부들 떨리기 시작했다. 모공이 열리며 얼굴의 솜털이 일제히 피부를 뚫고 솟구쳐 올라오는 것 같았다. 동시에 수갑을 차고 경찰서에서 조사를 받고 있는 자신의 비참한 모습과 복도에서 얼굴을 감싼 채 울고 있을 아내와 두 딸이 눈앞을 스치고 지나갔다. 정신 차려야 해! 영규는 오른손으로 자신의 왼뺨을 한번 후려갈겼다. 송곳니가 볼 안쪽을 할퀴고 지나갔다. 입 안에 비릿하고 끈적거리는 액체가 고였다. 영규는 피를 삼키지 않고 차문을 열고 나와 도로에 내뱉었다. 에이, 재수 없이!

밖은 깜깜했다. 자정이 넘은 도시 외곽 지역의 국도변에는 지나가는 차량은커녕 행인들도 보이지 않았다. 차량 전조등 불빛만 수평으로 주위의 어둠을 밀어냈다. 적재함 밖으로 튀어나온 철근을 실은 트럭 한 대가 경적을 울리며 옆 차선을 지나갔다. 영규는 그때야 정신이 번쩍 들었고, 신음소리가 들리는 논두렁 밑으로 뛰어 내려갔다.

둔덕과 논이 만나는, 움푹 들어간 지점에 무엇인가 보였다, 그것은 짐승처럼 웅크린 채 꼼짝도 하지 않았는데 자세히 들여다보니 조금씩 꿈틀거리고 있었다. 귀 기울이지 않으면 들리지 않을 정도의 낮은 비명이 영규의 귀에 닿았다. 사람 맞다! 가늘게 떨리고 있는 신음소리나 회색 스웨터, 꼬부라진 등으로 보아 일흔이 넘을 할머니 같았다. 퀭한 할머니의 눈과 영규의 눈이 마주치는 순간 그녀의 흔들리던 눈빛이 가라앉았다. 할머니가 간절한 눈빛으로 영규를 향해 고개를 들어올렸다. 영규가 언덕을 올라가 논두렁 쪽으로 차의 방향을 튼 뒤 상향등을 켰다. 헤드라이트가 환하게 일대를 비췄다. 할머니는 탈골 된 듯 턱이 덜렁거렸고 이마가 함몰되어 있었으며 주름진 얼굴은 피투성이였다. 이상했다. 영규가 가까이 가자 할머니는 더 이상 신음소리를 내지 않았다. 수백 마리의 뱀들이 서로 뒤엉겨 서로를 물어뜯는 것처럼 영규의 머릿속이 복잡해졌다. 그가 할머니를 살펴본 뒤 구부렸던 무릎을 펴며 일어났다. 할머니에게서 멀어지려고 할 때였다. 노파의 입술이 달싹거렸다.

"아저씨, 날 좀 살려 주세요. 병, 병원에…… 제발."

할머니는 손목이 부러진 듯 덜렁거리는 팔로 영규의 상의 옷자락을 잡으려고 했다. 할머니를 병원으로 옮기는 것쯤 별로 어려울 것 없었다. 눈짐작으로 체중이 50킬로로 안 돼 보였다. 골다공증으로 뼛속까지 비어 있어 더 가벼울 수도 있다. 하지만 영규는 고개를 가로 지었다. 병원 응급실로 데려가는 순간 자신의 신분이 노출될 것이고, 사고경위를 알게 된 병원에서 경찰에 신고하면 그 즉시 회사 비상계획부로 연락이 갈 것이었다. 내일 조간신문들이 앞다퉈 써댈, "T 전자, 전략기획부문 최영규 상무 음주운전으로 사망사고 일으켜!"라는 기사가 벼락처럼 눈앞을 때리고 지나갔다. 음주운전 사고에 대한 최근의 사회 분위기로 볼 때 상무 탈락은 말할 것도 없고 사망사고라 감옥에 가야 할지도 몰랐다. 상상만으로도 머리털이 곤두서고 온몸에 소름이 돋았다. 그것은 영규가 평생 쌓아 온 모든 것이 쓰나미에 흔적조차 남기지 않고 휩쓸려 사라지는 일이다. 게다가 오늘은 평생 꿈꾸어 왔던 상무 승진 귀띔을 받은 날이 아닌가. 그는 주변을 한번 둘러보았다. 4월의 흐린 밤은 달빛조차 허락하지 않았다. 광선 검처럼 일직선으로 뻗어 나간 두 줄기의 가늘고 날카로운 전조등 불빛만 보일 뿐 주위는 캄캄했다. 어둠은 할머니의 고통에 일그러진 얼굴과 신음마저 삼킨 채 영규의 머릿속으로 스며들고 있었다. 몸을 일으켰다. 반쯤 일어섰을 때 할머니의 손이 상의 옷자락 뒤끝을 잡고 있어 몸이 당겼다. 그는 지문을 남기지 않기 위해 손등으로 할머니의 손을 뿌리쳤다. 그리고 재빨리 언덕 위로 올라갔다. 발뒤축에 밀려 흙과 돌멩이가 할머니 얼굴 위로 떨어졌다. 노파가 두 손으로 머리를 감싸면서 아악, 하며 계속 비명을 질러 댔다. 이제 타인의 비명 따윈 영규에게 들리지 않았다. 빨리 이 자리에서 벗어나야겠다는 생각만 들뿐이었다.

"여보시오, 제발 119, 119에……."

할머니의 애원을 뒤로 하고 영규는 재빨리 차에 올라타 시동버튼을 눌렀다. 열려진 차창이 올라가면서 두 사람 사이에 견고한 벽을 만들었다. 바깥의 소리가 차단된 실내는 아늑하고 조용했다. 고급 세단의 부드러운 공회전 소리뿐, 더 이상 아무 소리도 들리지 않았다. 그는 자동차 가속 페달을 끝까지 밟았다. 난생처음 풀악셀이었다. 현장이 안 보일 때까지 사이드미러를 보지 않았다.

영규는 아파트 단지 앞 도로에 차를 세운 뒤 상가 1층 〈파리바게트〉에 들렀다. 라지 사이즈 케이크와 크림빵 세 개를 샀다. 케이크는 가족과 함께 곧 있을 상무 승진을 축하하기 위해, 〈파·바〉의 크림빵은 아내와 딸들이 좋아했다. 집게로 빵을 고르며 할머니가 걱정되긴 했다. 목숨을 잃을 만큼 크게 다치지는 않은 것 같아 보였다. 둔덕만 올라오면 지나가는 누군가의 눈에 띌 것이고 세상에는 착한 사람들도 많으니까 인근 병원으로 데려다 주겠지, 생각하며 불안한 마음을 달랬다. 119에 전화를 해 주지 못한 것이 마음에 걸리긴 했으나 신분을 노출시키지 않기 위해서는 어쩔 수 없었다. 따지고 보면 자신의 잘못이라곤 승진축하용 음주, 그것도 기껏 소주 두 잔 마셨다는 것, 오늘따라 대리 기사가 없어 어쩔 수 없이 차를 몰았다는 것인데, 재수 없이 할머니가 갑자기 앞을 뛰어 들었다는 생각에 슬슬 짜증이 나기까지 했다. 혹시 돈을 노리고 뛰어든 자해 공갈인가, 하는 의심도 들었다. 누구라도 달리는 차 앞으로 뛰어 들면 사람을 칠 수밖에 없을 것이라는 생각에 마음이 편안해졌다. 그런 위로도 잠시였다. 구조를 애원하는 할머니의 간절한 눈빛과 떨리는 음성이 계속 악몽처럼 나타났다가 사라지곤 했다. 그 음성은 조그만 속삭임처럼 들렀다가 점차 물결을 만들며 서로 합쳐졌는데, 물마루로 치솟으면서 그 정점에서 "아저씨 제발 병원….."이라는 할머니의 외침이 물기둥으로 솟구쳤다. 그 물기둥은 영규가 머리를 흔들면 포말처럼 물거품을 만들며 부서져 버렸다. 이튿날부터 영규가 머리를 흔드는 버릇이 생겼고, 시간이 흐를수록 횟수가 늘어났다. 아내는 체머리로 오해했고, 직장 부하들은 영규가 무안해할까 봐 못 본 체했다.

　오후에는 경영을 총괄하는 부사장이 회장의 결정이라며 영규를 불러 전 직원의 20% 이상 구조조정 하라는 지시를 내렸다. 명예퇴직금을 준다고 했다. 내일 오후에 영규를 그 일의 주무책임자로 발령을 내겠다고 말했다. 그는 곧 있을 상무 승진을 인질로 삼고 있는 듯 보였다.

"이런 일엔 자네가 최고였잖아. 회사는 자네만 믿고 있네."

부사장은 영규의 어깨를 토닥거렸다. 상무가 되기 전 회장에게 결정적으로 뭔가 보여 줘야 하지 않겠어?라며 은근한 압박을 가했다. 상무로 승진만 한다면…… 오피러스 급의 고급승용차. 개인 여비서와 별도의 사무실 등, 상상만으로도 근사한 자신의 모습이 머릿속에 그려졌다. 영규는 "최선을 다하겠습니다."라는 말을 반복했다.

명예퇴직이 마감되었다. 인사과에서 최종 숫자를 집계해서 발표했다. 당초 예상했던 150명보다 20명이나 초과한 170명이 최종 명예퇴직 대상으로 확정되었다. 회사는 떠나는 사원들의 희생정신을 상기시키며 남은 사원들의 애사심을 부추겼다. 명예퇴직을 스스로 선택한 직원의 숫자가 늘어난 데는 부사장에게 영규가 제안한 전략이 먹혔들었기 때문이었다. 그 사실을 알고 있는 사람은 부사장과 영규뿐이었다. 그 아이디어는 퇴직자의 입장에서 잔인했지만, 사社측은 신의 한 수였다. 그것은 명퇴대상으로 분류된 사원들이 동의서에 사인을 거부하면 보직을 없애 버리는 거였다. 무 보직 상태가 되면 보직 수당이 사라진다. 퇴직금에서 엄청난 손실을 감수해야 했다. 입사 20년을 넘긴 고참古參은 전체퇴직금의 30%~40%가 날아갔다. 그들은 울며 겨자 먹기로 퇴직동의서에 사인을 안 할 수가 없었다. 마감시한을 넘기지 않기 위해 그들 스스로 인사과로 찾아왔으니 영규의 아이디어가 막 다른 구석으로 몰린 사원들의 허를 제대로 찔렀던 것이다. 그러나 논공행상은 영규의 기대와는 달리 엉뚱한 방향으로 흘러갔다. 인사부장에게 공로가 넘어가 버렸다. 인사부장이 이 정책을 수립한 주인공이고 정작 아이디어를 낸 영규는 정책집행자에 불과한 인물로 바뀌어져 있었다. 억울했지만 드러내 놓고 따질 수 없었다. 박칠승 부사장이 아이디어의 최초 입안자가 영규라는 사실을 발설하는 순간 그는 회사에서 공공의 적이 될 수밖에 없고, 동료와 후배들의 모든 비난이 자신에게 몰릴 것이다. 노회한 박은 그것을 간파하고 영규를 위한다는 핑계로 그 계획을 인사부장의 아이디어로 돌리는 잔꾀를 부렸던 것이다. 대들거나 항의해서는 안 되었다. 뒷날을 기약하기로 하고 참아야 했다. 하루하루가 괴로웠다. 부 사장의 계략에 속아 영규가 상무가 될 가능성은 달걀이 날아오르는 것만큼 불가능해졌다. 총무를 맡고 있는 윤 차장이 부사장과 자신, 인사부장 사이의 복잡한 수 계산을 하고 있는 영규에게 오늘 저녁에 사업부 정기회식이 있다고 했다. 영규가 직접 고른 날짜라며 옴짝달싹 못 하게 했다. 날짜를 꼽아 보니 그가 할머니 사고 이후 마음이 심란해 두 번이나 회식을 미뤘다.

그날 부사장에게 당했다는 억울함과 할머니 차 사고 건으로 부하들이 따라 주는 술을 모조리 받아 마셨다. 주량을 넘어섰다는 생각이 드는 순간, 정신 줄을 놓쳐 버렸다. 눈을 떴을 때 부하들이 보이지 않았다. 윤 차장 혼자서 옆에서 양주를 홀짝거리고 있고, 접대부 아가씨가 반 건조 오징어를 마요네즈에 찍어 윤 차장의 입에 넣어 주고 있었다. 여기가 어디야? 영규가 소파에서 벌떡 일어나 윤 차장의 팔을 흔들었다.

"어떻게 된 거야? 다들 갔어?"

"기억 안 나세요? 이사님이 너무 취해 집에 바래다 드린다고 택시를 같이 탔는데 계속 한잔 더 하자고 해서, 일전에 한번 왔던, 여기 양재동 카

폐예요. 근데 무슨 일 있으세요? 어제 1차에서부터 몸을 못 가눌 만큼 계속 술만 드시고. 밑도 끝도 없이 갑자기 부원들에게 음주운전 하지 말라고 하시다가 이사님 때문에 황천 간 회사 직원들이 수십 명이 넘는다며 엉엉, 우시기까지, 요즘 구조조정으로 너무 심한 스트레스를……."

"내가 음주운전을 했다고 말했다는 건가?"

영규가 윤 차장의 말을 가로막고 물었다.

"이사님, 어제 많이 취하신 모양이에요."

"도대체 무슨 말이야! 이 사람아, 빙빙 돌리지 말고 내가 묻는 말에 제대로 대답해 봐!"

내가 그날 밤 있었던 음주운전 사고를 발설했단 말인가. 영규는 갑자기 알 수 없는 불안감에 사로 잡혀 사건의 내막을 알고 있는 듯한 윤 차장에게 소리를 버럭 질렀다. 그의 머리통을 쥐어박고 싶었다.

"이사님이 술에 취해 갑자기 어떤 할머니에 대해 횡설수설하셨어요. 무슨 말씀을 하는지 알아듣기 힘들었어요. 그 할머니가 대체 누구예요?"

윤 차장이 수사관처럼 날카로운 눈빛으로 영규를 쏘아보았다. 순한 소처럼 끔뻑거리는 평소 때 눈이 아니었다. 쌍꺼풀이 굵게 잡힌 커다란 눈은 순해 보였다. 하지만 그 크기만큼, 영규와 할머니 사이에 벌어진 일에 대해 많은 것을 알고 있는 것처럼 보였다. 내가? 설마 내가? 아무리 술에 취해도 음주운전과 할머니를 치었다는 사실을 양심고백처럼 까발렸을까. 온몸에 소름이 오소소 돋았다. 문제는 '어젯밤 1차에서 직원들이 모두 있는 자리에서 발설했느냐?' 아니면 '이곳에서 윤 차장과 양주를 마시다가 무심결에 뱉어냈냐?'가 중요했다. 부하직원들이 모두 모인 1차에서 발설했다면 수습할 길이 없다. 하지만 윤 차장과 접대부만 있는 이곳에서 뱉어냈다면 어느 정도 수습할 수 있다. 그런 판단이 들었다. '오래 전에 보았던 영화나 소설의 줄거리'라든가, 혹은 '이런 내용으로 드라마 한 편 찍는다면 성공할 거야.' 등의 허풍쯤으로 성품이 순박한 윤 차장 정도야 얼렁뚱땅 넘어갈 수도 있다. 그래도 한번 확인해 보자. 그에게 다시 물었다.

"그거, 삼겹살집에서 있었던 일을 말하는 거야?"

"네?"

윤 차장이 문자를 보내다 말고 깜짝 놀라는 표정으로 되물었다.

"할머니 얘기 말이야."

"아, 그게 말이죠….."

윤 차장이 말을 아꼈다.

"자네, 지금 나를 갖고 노는 건가? 왜 대답을 바로 안 해!"

영규는 화를 내자마자 후회했다. 언성을 높이자 제 발 저린 도둑이 된 것 같아 머쓱해졌다. 사실 화를 낼 만한 일이 전혀 아니었다. 휘둥그레진 윤 차장의 눈이 그것을 말해 주고 있었다.

"아, 미안, 내가 요즘 스트레스가 많나 봐. 후배인 인사부장이 버릇없이 치받아 올라오는 것도 그렇고, 휴, 나도 이제 늙었나 보네."

영규는 일부러 한숨까지 내뱉었다. 그것은 할머니 사건에 대한 윤 차장의 의심을 피하기 위한 눈속임에 불과했다. "때린 놈은 다릴 못 뻗고 자도 맞은 놈은 다릴 뻗고 잔다."는 속담이 생각났다. 윤 차장과 눈이 마주치자 등줄기에 식은땀이 흘렀다.

"이사님, 어제부터 정말 이상하시다. 동기생들 중 회사에서 제일 잘나가시는데 갑자기 왜 이러세요. 이사님만 믿고 사는 저희 같은 무지렁이

들은 어떻게 하라고요."

　대부분 부장인 동기생보다 한 직급이 낮은 윤 차장은 치열한 전쟁터에서 살아남은 자의 관록이 제법 붙었는지, 영규가 무슨 말을 듣고 싶은지, 다 꿰뚫고 있는 듯 보였다. 말을 빙빙 돌리며 핵심이 될 만한 말을 피하기만 했다. 영규는 그의 태도로 보아 윤 차장이 내 음주사건에 관련된 말을 들은 게 분명하다는 확신이 들었다. 총이 있다면 쏴 버리고 싶었다. 이 녀석만 없애버리면 내가 무슨 말을 했든 음주사고에 대한 증거가 사라질 테지. 안 돼! 영규는 또 머리를 흔들었다. 윤 차장이 술을 따랐다.

　"숙취가 심할 땐 술을 한잔하시면 좀 가라앉습니다. 술은 술로써 달랜다는 말이 있잖아요."

　윤 차장의 말이 무언가 약점을 잡은 듯한 어투로 느껴져 기분이 상했다. 내가 정말 그날 밤 일을 까발렸던 것일까. 내가 술에 취해 정말? 덜렁거리는 평소와는 달리 그의 침착한 태도를 보자 점점 더 윤 차장이 의심스러웠다.

　영규는 연거푸 술을 따라 마셨다. 취해서 불안감에서 벗어나고 싶었다. 음주운전으로 할머니를 치고 뺑소니까지? 상상만으로도 끔찍스러운 범죄였다. 경찰서에 끌려 들어가는, 몰락한 자신의 모습이 눈앞에 어른거렸다. 그는 도와줄 사람이 없는 세찬 폭풍우 속에 홀로 걸어가고 있었다.

　집에 도착하니 저녁 7시였다. 아내는 늦을 것 같다며 먼저 저녁을 먹으라고 문자를 보냈다. 문자 말미에 희경과 희수도 오늘 늦는다고 덧붙였다. 식욕이 없어 컵라면으로 때웠다. 소파에 누워 평소처럼 티브이를 켰지만 집중할 수 없었다. 윤 차장과 헤어져 택시를 탔고, 사고 현장을 지나갈 때 "아저씨, 제발 119…."라는 할머니 목소리가 들려오는 듯 했다. 집에 돌아와서도 이명처럼 귀 속에서 무슨 소리가 계속 윙윙거렸다. 그 소리는 사람의 울음 같기도 하고 날벌레들의 날갯짓처럼 들리기도 했다. 음주 교통사고에다 구조조정까지 겹쳐 정신적으로 많이 힘들었다. 눈을 감았지만 잠이 오진 않았다. 흡연 욕구가 강렬했다. 티브이를 켜 둔 채 부엌 새시 문을 열고 나갔다. 뒤 베란다, 이웃집 눈치를 보며 담배를 피우는 곳이다.

　지난주 금요일 저녁까지 세상은 밝고 따스했다. 봄은 영규의 거실에서부터 시작되었다. 아내는 날씨가 풀리자마자 집 앞 화원에 들러 프리지어, 팬지 등 갖가지 봄꽃들을 한 아름 사 왔고, 몇 날 며칠 동안 콧노래를 불러 가며 거실과 발코니를 화려한 봄의 정원으로 꾸며 놓았다. 화분 사이에는 LED 전등이 달린 장식용 분수까지 설치했다. 그녀는 그윽한 집 안 분위기에다 그가 현관문 비밀 번호를 누를 시간에 맞춰 클래식까지 틀어놓는 등 승진에 몰두하는 영규에게 최선을 다했다. 아내는 그런 여자였다. 타고난 심성이 고왔다. 걱정이 많은 영규와는 달리 긍정적이었으며 주어진 상황에서 최대한 밝게 살려고 했다. 그녀는 낙천주의자였다. 아내의 그런 모습을 볼 때마다 영규는 위선이라고 생각했다. 젊은 시절, 아내가 자신 몰래 주식투자를 하다가 수억대의 돈을 날려 먹었고, 아내를 도와준다는 구실로 접근한 젊은 펀드매니저와의 의심스러운 일이 발각된 이후 이혼을 결심한 적도 있었다. 영규가 마음을 바꾸기는 했지만 사실 아내를 용서해서는 아니었다. 꼬리표처럼 따라다닐 이혼남에 대한 사회적 편견에 대한 두려움과 한참 어머니의 손길이 필요한 초등학교에 다니는 어린 딸들의 앞날을 생각해서 겉으로만 용서하는 척했을 뿐이다. 영규는 20여 년간 열심히 다니던 교회에 발길을 끊었다. 목사의 설교가

역겹게 들렸고, 기도를 하다가도 하나님에 대한 원망이 부글부글 끓어올라 견디기 힘들었다. 더러운 인간들의 세상에 하나님은 없어! 가정불화를 겪으며 영규에게 남은 건 그 말이 전부였다. 그때부터 영규는 타인에게 무자비했고, 오직 세속적인 쾌락과 출세만을 위해 하루하루 전력투구했다. 그 결과 동기생들 중에 맨 먼저 진급을 거듭했고 부장, 이사를 거쳐 상무도 따 놓은 당상이라며 다들 그의 승승장구를 부러워하는 말을 덕담처럼 한마디씩 던질 정도였다. 나중에 아내의 펀드매니저가 증권업계에서 전문적인 사기꾼이라는 갓이 경찰 조사로 밝혀지면서 피해자만도 수십 명이라는 사실이 드러났는데, 세상 물정 모르는 순진한 아내도 그 피해자들 중의 한 명일 뿐이라는 것이 밝혀졌다. 여자들과의 스캔들 역시 그가 자신의 사기죄를 감추기 위해 거짓으로 일부러 남녀 관계처럼 꾸몄다는 사실까지 밝혀졌다. 그때는 영규가 아내에 대한 믿음을 잃은 뒤였다. 이후 아내가 어떤 말을 해도 먼저 그 말의 뒤쪽을 까뒤집어 보는 버릇이 생겼다.

창밖은 완전히 저물었다. 담배를 한 모금 빨아들였을 때 순찰차 한 대가 아파트 마당을 한 바퀴 돈 뒤 영규가 내려다보고 있는 607동 앞 주차장에 멈춰 서는 게 보였다. 차문이 열리며 경찰이 나오자 순간적으로 영규는 피우던 담배를 떨어뜨릴 뻔 했다. 머리끝이 쭈뼛 섰고, 가슴이 쿵쾅쿵쾅 하고 뛰더니 눈앞이 캄캄해졌다. 뙤약볕에 오래 앉아 있다가 갑자기 일어섰을 때처럼. 할머니의 얼굴이 갑자기 나타났다. 눈앞에 고통에 일그러진 그 얼굴이 수십 개로 분열되면서 빨판처럼 영규 얼굴에 달라붙었다. 빨판 중 몇 개는 입과 코에 달라붙어 숨을 쉬기 힘들었다. "아저씨, 제발제발…." 하는 음성이 송곳처럼 그의 귓속으로 파고들었다. 긴 송곳이 귓속 깊숙이 찌르는 것처럼 귀 안이 아팠다. 당장이라도 자수를 하고 싶었다. 순찰차는 아파트를 배회한 뒤 후문 쪽으로 천천히 빠져나갔다. 의례적인 순찰활동이었다. 영규는 팔과 다리를 감싸고 있던 모든 근육이 한꺼번에 풀어지는 것을 느끼며 전기톱에 밑동을 베인 고목나무처럼 그 자리에 쓰러졌다.

*

눈을 떴을 때 아내와 두 딸이 침상 옆에 서 있었다. 아내는 그가 눈을 뜨자마자 주변에 다 들릴 정도의 큰 목소리로 뇌출혈을 일으켰다고 말했다. 물을 마시러 부엌에 나왔다가 쿵, 소리가 나서 베란다로 나와 보니 그가 머리를 움켜쥔 채 쓰러져 있어 바로 119를 불러 병원으로 달려왔다는 것이다. 즉시 발견한 덕분에 응급수술을 해서 목숨을 건진 것이 하나님의 뜻이라며 퇴원하면 다시 교회에 나가라고 말했다. 희수와 희경이는 30분쯤 앉아 있다가 저녁 약속이 있다며 병실을 빠져나갔다. 영규가 딸들의 인사를 받으며 무언가 대답을 하려는데 말이 나오지 않았다. 만취했을 때처럼 혀가 뻣뻣했고, 거대한 바윗돌이 혓바닥을 짓누르고 있는 것 같았다. 그가 하려고 했던 말은 "희경아, 희수야, 너무 걱정하지 마."였다. 하지만 자신의 귀에 들린 말은 "어— 어."였다. "어— 어."도 음절이 이어지지 않아 "어…… 어."로밖에 발음할 수밖에 없었다. 하나의 음절을 뱉어내는 데도 안면 근육이 떨렸다. 영규가 고개를 돌려 비스듬하게 서 있는 아내를 쳐다보았다.

"우측 뇌의 혈관에 미세한 출혈이 생겨 일시적으로 언어장애가 올 거랬어. 곧 좋아질 거니까 의사가 너무 걱정하지 말래."

"내, 내… 내, 가…… 말…… 말, 을 못… 한다?"

영규가 말을 하려 안간힘을 썼다. 단어 하나를 발음하는 데 얼굴이 일그러지고 목덜미에 땀이 흘러내렸다.

"영원히 말을 못하는 게 아니라 일시적으로 그런 거라니까! 치료받으면 좋아진 댔잖아. 아이처럼 굴지 마."

아내의 목소리에 짜증이 묻어 있었다. 영규의 말이라면 한밤중에도 발딱 일어나던 예전의 아내가 아니었다. 그는 자신이 처한 비참한 상황을 이해하지 않으려 했다. 그런 감정은 분노로 바뀌었다. 할머니를 친 사건도 자신의 잘못보다 한밤중에 무단 횡단한 노인에게 더 큰 잘못이 있지 않은가. 생활고와 지병으로 자살을 시도했을지도 모를 일이었다. 음주운전을 한 죄가 있긴 하지만 그때 할머니가 느닷없이 차 앞에 뛰어들지 않았다면 아무 일 없이 집에 와서 지하주차장에 안전하게 차를 세웠을 것이다. 그랬다면, 그 재수 없는 할머니를 만나지 않았다면, 아내와 두 딸과 새벽까지 승진예정 파티를 즐길 수 있었을 텐데. 갑자기 할머니가 자기의 인생을 망친 악마처럼 느껴졌다. 그 일만 없었다면 순찰차에 놀라 쓰러지는 일 따윈 발생하지도 않았을 텐데. 영규는 그날 밤 자신에게 벌어진 일이 원망스러웠다. 눈가에 물기가 번졌다. 그는 울기 시작했다. 아내에게 휴지를 달라고 하려는데 말이 나오지 않아 빤히 쳐다볼 수밖에 없었다. 그리고 저녁식사 때가 되었다. 아내가 배식 운반카트에서 식판을 꺼내 놓고 내일 다시 오겠다며 가방을 들고 일어섰다. 영규는 자신의 생각을 전달하기 위해서 이제 수화가 필요하다는 것을 깨달았다. 그는 아내 반대편으로 몸을 틀었다.

'내 삶은 끝났다.' 아내가 병실 문을 열고 나가자 그런 생각이 들었다. 3월의 서늘한 봄밤이 창밖에서 화농되고 있었다. 영규는 간병인의 부축을 받아 휠체어에 몸을 옮긴 뒤 엉덩이 걸음으로 병실 계단 층계참에서 담배를 한 모금 길게 빨았다. 그때였다. 맞은 편 아파트의 창문 밖으로 시선을 던졌다가 가슴이 철렁 내려앉았다. 누군가 자신을 지켜보고 있었다. 그건 할머니 눈이었다. 그날 밤 영규의 팔에 매달리며 구조를 요청하던 할머니의, 피로 범벅된 붉은 눈이 그를 지켜보고 있었다. 사실 그것은 병원 맞은 편 고층 빌딩 벽면에 설치된 '항공장애등'이었다. 고층빌딩이나 높은 굴뚝에 항공기의 야간비행 안전을 위해 설치한 적색 섬광등, 그것이지만 지금 영규의 눈에 비친 그것은 사고가 일어난 그 밤의 할머니 눈으로 느껴져서 눈을 감았다. 불빛이 깜빡거릴 때마다 "아저씨 제발…."하는 할머니의 음성이 선명하게 들려왔다. 영규는 그 사고 이전까지 독실한 크리스천이었다. 안수집사로 오랫동안 교회에 다녔는데 아내와의 불화 이후 마음이 멀어지다가 차 사고 후 발길을 끊었다. 하나님이 자신을 버린 것 같아서 더 이상 예배와 기도에 집중하기가 힘들었다. 회사의 살벌한 구조조정의 책임을 맡게 된 것도 교회와 멀어지는데 한몫했다. 영규의 눈에 비친 핏빛 '항공장애등'은 고통에 가득 찬 할머니의 눈이자 영규의 죄에 대해 하나님이 분노한 피눈물이었다. 그는 그 눈과 마주치지 않으려 쪼그려 앉았다. 불 꺼진 계단의 어둠 속에 몸을 숨기기 위해 자세를 최대한 낮추었다.

그리고… 퇴원한 며칠 뒤 현관문 벨 소리를 듣고 영규는 소파에서 일어났다. 문을 열자 얼굴이 익은 우편배달부가 등기우편 하나를 내밀고 서명을 하라고 했다. 누런 서류 봉투 겉면에는 발신인의 주소나 이름이 없었다. 누가 보냈느냐? 물어보았지만 배달부는 반 벙어리가 된 영규와 대화할 생각이 없다는 듯 대답 대신 고개를 휘젓고 빠르게 계단을 내려갔다. 봉투 안에는 두툼한 편지 봉투가 들어있었다. 벌벌거리는 손으로 힘들게 편지를 꺼냈다. 첫줄을 읽어 내려가던 그의 얼굴에서 핏기가 사라졌다. 편지지를 움켜쥔 손가락이 떨렸다.

"최영규 씨, 불안해하지 말고 읽어 주시기 바랍니다. 일전의 자동차 사고 기억나시죠? 저는 그날 당신의 자동차에 치인 '윤숙임' 할머니입니다. 당신은 나를 치었죠? 구조를 요청하는 내 간절한 부탁을 외면한 채 도망친 나쁜 사람입니다. 나는 사경을 헤매다가 자전거 산책 중인 어느 남자에게 발견되어 운 좋게 목숨을 건졌어요. 지금쯤 당신은 죄책감과 불안으로 밤잠을 설치고 있으리라 추측됩니다. 인간은 누구나 죄를 짓게 되면 양심의 가책과 처벌에 대한 불안감으로 잠을 이루지 못하니까요. 이 편지를 쓰는 동안 나는 당신의 악마 같은 행동에 치를 떱니다. 복수심과 증오가 끓어올라 몇 번이나 펜을 집어던졌습니다. 분노 때문에 글씨가 비뚤배뚤하게 쓰여 있을지도 모르겠군요."

여기까지 읽고 영규는 소리를 지를 뻔했다. 어떻게 내 이름과 주소를 알았을까? 하는 불안감이 번개와 벼락으로 변해 우르르 쾅쾅거리며, 번쩍거렸다. '이제 다 끝났구나.' 그는 경찰에 오랫동안 쫓긴 수배자가 체포된 뒤 느끼는 일종의 안도감과 안도감 속의 절망감을 동시에 맛보듯 깊은 한숨을 뱉어냈다. 편지는 한 장 더 있었다. 누구에게 대필한 것이 아니라면 할머니는 나이나 볼품없는 외모에 비해 글씨와 문장이 세련되어 있었다. 가방끈이 긴 것 같았다. 격한 감정을 억누르며 써 내려간 편지였다. 글의 흐름이 차분하고 교양이 있어 보였다.

"내가 어떻게 당신의 이름과 주소를 알게 되었는지 지금쯤 꽤 궁금하겠군요. 나는 젊을 때부터 기억력이 좋아 응급실에서 깨어난 뒤 당신의 차 번호를 또렷이 기억해 냈어요. 당신이 처음 내게 다가왔을 때 술 냄새가 나더군요. 나는 그때 당신이 사고를 낸 당사자인 줄 알았어요. 그래서 병원에 데려가 달라고 부탁을 했던 거죠. 사고는 어쩔 수 없다 해도 죽어 가는 사람의 부탁은 들어줄 줄 알았어요. 그러나 당신은 차갑게 나를 외면했지요. 당신은 음주운전으로 사람을 치었고, 게다가 뺑소니까지 했으니 내가 경찰에 신고하는 순간 당신의 인생은 끝장나겠지요. 그래서 당신만큼 나도 오랫동안 고민했어요. 지금부터 무시무시한 얘기 하나를 들려드릴 테니 너무 놀라지 마세요.

그전에, 최영규 씨, 나는 당신을 용서하기로 결심했습니다. 나 역시 젊은 시절 누군가의 손을 뿌리친 적이 있기 때문입니다. 놀라지 마세요. 나는 남편을 죽인 여자입니다. 벌써 50년도 더 지난 일이기 때문에 살인죄에 대한 공소시효가 끝나 이제 경찰이 이 사실을 알아도 처벌할 수는 없어요. 그러나 그것 때문에 평생 동안 사금파리처럼 내 오장육부를 찔러 온 끔찍한 내 이야기를 털어내 놓는 것은 아닙니다. 그 무엇이 내 죄의 검은 뻘 깊숙이 숨겨 놓은 양심을 끄집어 올려 당신 앞에서 부검을 하도록 만드는지 이유를 모르겠습니다. 이 이야기를 다 하고 나면 후회에 시달릴지도 모릅니다. 하지만 당신은 내 손을 뿌리치고 도망친 뺑소니 살인자로서 내 이야기를 들어줄 의무가 있습니다."

"무슨 편지야?"

아내가 영규를 빤히 바라보며 소파에 앉아 리모컨을 집어 들었다. 영규의 아내는 영규의 상무 승진 확정 소식을 들은 날부터 귀부인이 된 것처럼 집 안에 있을 때도 우아한 옷을 입고 한껏 들뜬 표정을 짓곤 했다.

"이번에 회사에서 명예퇴직한 부하직원의 감사 편지."

"그래도 인심을 잃지는 않는 모양이네. 회사 잘리고도 감사편지를 보낼 부하까지 둔 걸 보면."

아내는 남편의 얼굴을 자랑스럽게 쳐다보며 채널을 이리저리 돌리더니 뚱뚱한 여자 요리사가 떠들어 대는 음식 채널에서 멈추었다. 영규가 사고를 낸 그날 밤의 짧은 승진 파티가 아쉬워서 오늘 저녁은 외식을 하자고 할 것 같았다. 영규는 편지를 바지 주머니에 구겨 넣었다. 등 뒤에 꽂히는 아내의 따가운 시선을 느끼면서 서재로 들어갔다. 그는 편지를 계속 읽어 내려갔다.

"남편은 고아 출신으로 심성은 착한데 버려진 상처로 인한 외로움을 느낄 때마다 폭음을 하고 밖에서 사고를 치곤 했어요. 집에 돌아와서도 밤새 술을 마시고 저를 괴롭히기 일쑤였지요. 내 나이 스물다섯을 넘기던 봄날이었지요. 출옥한 지 얼마 안 된 남편은 자동차 정비업체에 손을 댔다가 사기를 당한 뒤 매일 만취한 채 집에 들어와 돈을 빌려 오라고 저를 때린 뒤 새벽녘에야 곯아 떨어졌어요. 냉장고에 감춰 둔 술을 몽땅 마시고 말이에요. 입을 벌린 채 널브러져 있는 그가 순간 악마처럼 보였어요. 나는 비닐장갑을 끼고 젖 먹던 힘을 다해 남편의 목을 넥타이로 졸랐어요. 제가 체구는 적어도 중학생 때 핸드볼 선수로 뛴 덕분에 웬만한 남자 이상으로 손아귀 힘이 강하거든요. 남편은 술에 취해 별 다른 저항도 못하고 숨을 거뒀어요. 제발 살려 달라고 애원하던 남편의 손을 뿌리친 채 나는 그 길로 인근 파출소에 강도가 들었다고 신고했죠. 경찰은 별 다른 의심 없이 강도 살인으로 남편의 죽음을 종결지었어요. 지문 검사를 했죠. 비닐장갑 덕분에 지문도 남아 있지 않았고, 일대에 강도 살인 사건이 계속 일어나고 있어서 동일범의 소행일 것이라고 쉽게 단정을 해 버렸던 것 같아요. 나에 대한 동네 평판이 좋았던 것도 의심을 피하는 데 한몫했을 겁니다.

그런데 나를 괴롭히던 남편이 사라진 대신 죄책감이 나를 물어뜯기 시작했어요. 그것은 거대한 연체동물의 빨판처럼 내 머릿속에 달라붙어서 떨어지지 않았어요. 남편이 마지막으로 애원하던 그 순간 넥타이를 놓지 않았을까, 하는 후회가 밀려와 평생 지옥보다 더 끔찍한 고통에 시달렸어요. 목이 졸리면서 혈관이 터져 버린 그이의 벌겋게 충혈된 눈알을 잊을 수가 없어요. 그때부터 '붉은 것'이 두려웠어요. 신호등이 빨간 등으로 바뀌면 길을 건너지 못하고 그 자리에 주저앉기도 했어요. 집 안에 있는 등이란 등을 형광등으로 교체했죠. 당신은 그날 이후 어땠나요? 온 세상이 붉은 눈물을 흘리며 당신을 바라보고 있지 않던가요? 그랬다면 그것은 하나님이 당신 대신 흘리는 눈물입니다. 혹은 당신의 죄책감이 흘리는 눈물일 수도 있고요. 이제 나는 당신을 용서함으로써 감히 내 죄를 용서하려고 합니다. 하나님도 허락하실 거라고 믿고 싶어요. 그것이 진정으로 회개하는 것이라고 나는 생각합니다. 당신도 평생 용서하지 못한 누군가가 있다면 그를 용서함으로써 당신이 내게 지은 죄를 조금이라도 덜어 내세요. 그것이 내가 당신을 용서하는 이유입니다. 끝으로 내가 어떻게 당신의 이름과 주소를 알게 되었는지에 대해 말씀드릴게요. 당신을 찾기 위해 내 큰 아들이 당신 차 번호를 심부름센터에 넘겨줬어요. 오백만 원을 송금하니 이틀 만에 금방 찾아 주더군요. 내막을 다 들은 센터 담당자가 천만 원만 더 내면 교통사고로 위장해서 당신을 죽여 줄 수도 있다고 했어요. 복수해야 한다는 아들과 이 문제로 한참 다투었지만 결국 용서를 하겠다는 내가 이겼죠. 어쩌면 아들이 져 주었거나 하나님이 내가 이기도록 해 주신 걸지도 모르죠. 그렇게 믿고 싶답니다. 제게 마지막 참회의 기회를 준 것이라고 봐요. 이 편지 다 읽으셨다면… 이제 불안해하지 말고 앞으로 열심히 살길 바랍니다. 아차, 내 계좌번호 알려 드립니다. 당신을 찾는 데 들어간 비용 오백만 원은 당신이 부담해야 할 것 같습니다. 그 돈은 무자비한 당신 때문에 사용했고, 또한 이 늙은이의 전 재산이나 마찬가지니까요. 우리 은행 00-0000-000-90 윤숙임."

*

영규는 이튿날 할머니가 알려 준 계좌로 이천만 원을 송금했다. 오백은 할머니가 자신을 찾는 데 들어간 비용, 나머지 천오백은 할머니의 용서에 대한 감사였다. 결혼 25주년을 기념해 유럽여행을 가기 위해 모아 둔 돈이었다. 은행에서 나와 도로를 건너기 위해 신호등 앞에서 기다렸고, 빨간불이 파란불로 바뀌자 예전처럼 씩씩하게 길을 건넜다. 저녁에는 윤 차장과 회사 앞 치킨 집에서 술을 한잔했다. 맥주가 소맥으로 바뀔 때쯤, 윤 차장은 지난번 회식 때의 일을 끄집어냈다. 그의 말을 빌면 그날 금세 술이 취한 영규가 젊었을 때는 자신이 꽤 촉망 받는 문학도였다, 퇴직 후 소설을 한 편 써 보고 싶다면서 그럴 듯한 소재 하나를 구상했다고 부원 모두에게 한번 들어 보라고 했다는 거였다. 영규가 윤 차장의 말에 귀를 기울였다. 그가 들려준 줄거리가 할머니를 친 날밤 사건과 동일했다. 윤 차장은 영규가 그 이야기를 하면서 소설로써 그럴 듯한지 자꾸만 물어봐서 이사님이 취했구나, 생각했다는 거였다. 그리고 그는 미안한 표정을 지었다. 그날 회식 때 술 취한 당신의 이야기를 들으며 냉혹하고 강했던 이사님도 이제 예전 같지 않고 약해졌구나, 속으로 생각했다며, 특유의 나지막한 목소리로 영규의 눈이 붉게 충혈될 때까지 조곤조곤 들려주었다.《끝》

데드독 워킹

새벽 세 시쯤에 들어온 남자는 신발장 앞에서 비틀거렸다. 뒤축을 실내로 연결되는 턱에 걸어 구두를 벗었다. 동공이 풀어져 있었다. 꽤 취한 상태였지만 집이라는 것은 알고 있는 듯 했다. 한쪽 구두가 잘 벗겨지지 않자 오른쪽 다리를 들어 올린 채 손바닥으로 구두 뒤축을 잡아당겼다. 무게중심이 흔들린 상체가 기우뚱거렸다. 뒤축을 잡은 손바닥이 구두에서 미끄러졌다. 화가 난 남자, 갑자기 허공을 걷어찼고 포물선을 그리며 날아간 구두가 도자기 화병을 맞췄다. 화병이 산산조각 났다. 파열음에 집이 들썩거렸다. 꽃받침에서 떨어져 나온 장미꽃들이 물방울과 함께 공중으로 솟구쳐 올랐다가 바닥으로 떨어졌다.

나는 화들짝 잠에서 깼다. 단잠을 놓치긴 했지만 크게 놀라진 않았다. 한 달에 두세 번 정도 늘 겪는 일이었다. 술이 취했을 때 그가 내뱉는 말들은 말이 아니라 괴성에 가까웠다. 내 언어체계로는 해독할 수 없는, 외계어 같았다. 남자는 안드로메다은하에서 추방된 외계인일지도 모른다. 현관에 들어오자마자 야생 늑대처럼 하울링을 할 때도 있었다. 그런 날은 안심이 되었다. 잠시 울부짖다가 꼬리를 말아 넣고 금방 잠들었다. 완전히 취했을 땐 거실과 안방을 들락거리며 아무도 알아들을 수 없는 주문을 흥얼거리기도 했다. 내가 해 줄 수 있는 것은 없었다. 남자의 상반신을 올려다보며 물을 마셨다. 왜 그때마다 갈증이 나는지 나도 모르겠다. 늑대와 주술사, 오늘은 그 두 가지 케이스 중간쯤 되어 보였다. 나는 평소보다 더 오랫동안 물을 마셨다. 남자도 나도 서로를 건들진 않았다. 그것이 우리가 삼년 동안 지켜 온 불문율이었다.

천장에서 쿵쿵거리는 소리가 들렸다. 주먹으로 거실 바닥을 두드리는 소리였다. 택시 기사인 윗집 아저씨가 잠이 깬 것 같았다. 소리의 크기로 봐서 화가 단단히 난 모양이다. 남자는 소파에 널브러져 코를 골았다. 움푹 팬 볼이 오늘따라 살점이 더 없어 보였다. 처음엔 두 팔을 벌린 채 자고 있었지만 점차 몸을 동그랗게 웅크리기 시작했다. 동이 틀 무렵에는 머리와 다리를 완전하게 복부 쪽으로 말아 넣었다. 공벌레 같았다. 잠이 달아난 나는 거실을 어슬렁거리며 걸어 다녔다. 무료함이나 달랠까 하고 거실 바닥에 흩어져 있는 꽃잎 위를 몇 번 뒹굴었다. 어항 속 에인절피시(angelfish)와 눈이 마주쳤다. 우리는 둘 다 서로에게 관심이 없었다. 상대를 멀뚱하게 바라보기만 했다. 녀석은 아까부터 심드렁한 표정으로 모래를 삼켰다가 도로 내뱉곤 했다. 심기가 불편한 듯 보였다. 남자가 집안을 난장판으로 만들어 놓았으니 얼마나 놀랐을까. 이런 일은 아무리 겪어도 적응이 안 되는 법이다.

남자는 점점 더 작아지고 있다. 처음엔 벌레만 한 크기로 제 몸 속을 파고들더니 베란다 창문이 환해질 무렵에는 낡은 소파 위에 한 개의 까만 점처럼 찍혀 있었다. 나는 이 남자와 몇 년을 함께 살았다. 한집에서 뒹굴고 있다고 해서 모두 사랑하는 사이는 아니다. 다시 말하지만 내가 좋아서 이 남자를 따라온 것은 아니었다. 내가 걷고 있었던 방향이 우연히 이 남자와 겹쳤을 뿐이다. 말하자면 둘이 같은 방향으로 발걸음을 옮기고 있었던 것인데, 그것이 내 운명을 결정지어 버리다니! 그땐 꿈에도 생각지 못했다. 운명은 공복을 거부하지 못했다. 하루를 꼬박 굶은 3년 전 그날, 나는 갈림길에서 왼쪽 골목을 선택했고, 그때 한 남자가 군만두 냄새를 풍기며 내 앞을 지나고 있었다.

*

여자는 무언가에 쫓기는 듯 허둥거렸다. 침착했던 평소의 모습과 달랐다. 커다란 여행용 가방과 청테이프를 두른 라면박스 몇 개가 여기저기 흩어져 있었다. 여자의 남편은 일주일 전부터 집에 들어오지 않았다. 티브이나 냉장고 같은 가전제품에는 빨간색 전표 같은 것이 붙어 있었다. 어제 오후에는 선글라스를 낀 젊은 사내 두 명이 여자의 귀고리와 금반지를 낚아챘다. 사내들이 담배 연기를 뿜어 대며 낄낄거릴 동안 여자는 눈물을 흘리며 고개를 주억거렸다. 사내들이 돌아간 뒤 창문을 열었지만 담배 연기는 안개처럼 내려앉았다. 안개에도 중력이 작용했다. 중력은 움직이는 모든 것의 목을 졸랐다.

사내들이 사라지자마자 여자는 한 통의 전화를 받았다. 남편인 듯했지만 여자의 말이 너무 빨라서 대화 내용을 알 수 없었다. 내가 알아들었던 말은 딱 한마디였다. 나는 듣지 말아야 할 말을 엿들었다.

"개새끼! 어디얏."

여자는 내 몸을 어루만졌다. 남편에 대한 화풀이라고 보기에는 찜찜한 구석이 없지 않았다. 나는 여자가 하는 대로 내버려두었다. 여자의 입술과 양 볼을 핥고 도톰한 가슴께를 파고들었다. 나는 여자의 젖가슴에 귀를 대고 그녀의 심장이 쿵쾅쿵쾅 뛰는 소리를 들었다. 여자는 나를 데리고 욕실로 들어갔다. 큰일을 치르기 전의 의식처럼, 내 전용 샴푸를 뿌리고 몸 구석구석을 씻겼다. 여자의 부드러운 손이 사타구니를 더듬을 땐 온몸의 피가 한쪽을 향해 쏠렸다. 나는 최소한의 자존심을 지키기 위해 몸을 버둥거렸다. 그때마다 여자는 더욱 거칠게 나를 다루었다. 여자는 나를 씻기는 동안 "개새끼, 개새끼." 하며 중얼거렸다. 여자는 대상도 없는데 그 욕을 반복했다. 내가 빤히 올려다보면 그제야 여자는 옅은 미소를 지었다. 그 모습이 너무 사랑스러워 나는 저항을 포기하고 얌전히 있었다. 땀으로 범벅이 된 여자가 갑자기 옷을 훌훌 벗었다. 알몸에 뜨거운 물을 한바가지 쏟아 부은 뒤 나를 안고 욕실을 나왔다. 여자의 맨살에 닿은 살갗에서 오소소 소름이 돋았다. 여자는 팬티만 입은 채 드라이기로 나를 말렸다. 나는 온몸이 나른해지며 잠 속으로 빠져들었다.

눈을 떴을 때 나는 여자의 품에 안겨 있었다. 12월의 쌀쌀한 날씨였지만 여자의 체온으로 덥혀져 있는 상태라 추위를 느낄 수 없었다. 여자의 체온은 나를 후덥지근하게 했고 갑갑했다. 나는 여자의 팔 사이로 고개를 내밀었다. 해가 뉘엿뉘엿 넘어가고 있었다. 주위에는 아무도 없었다. 한 번도 와 본 적이 없는 낯선 풍경들이 세찬 바람에 흔들리고 있었다. 놀이터 같았다. 그네가 좌우로 왔다 갔다 하며 몇 올 남지 않은 오후의 햇빛을 밀어내고 있었다. 여자가 나를 내려놓았다. 서늘한 대지의 기운이 발바닥을 타고 올라왔다.

"우리 술래잡기할까?"

여자가 미끄럼틀 기둥에 얼굴을 붙이며 술래 흉내를 냈다. 고개를 돌려 열까지 센 뒤 감았던 눈을 뜨는 모습이 귀여웠다. 아침의 우울했던 모습과는 달리 여자는 명랑해져 있었다. 나는 그것만으로도 여자가 내뱉었던 "개새끼!"라는 말에 대한 상처가 아물었다. "누가 술래예요?" 나는 여자의 눈을 올려다보며 물었다.

"내가 먼저 술래 할게. 네가 숨어."

여자가 뒤돌아서 있을 동안 숨을 곳을 찾았다. 생각 외로 놀이터에는 숨을 곳이 없었다. 플라스틱으로 만든 조악한 미끄럼틀 하나와 그네 두 개, 비를 피할 수 있는 정자가 전부였다. 이파리가 떨어져 앙상한 몰골로 서 있는 느티나무는 은폐에 도움이 되지 않았다. 어디에 몸을 숨기든 여자는 쉽게 찾아낼 수 있을 것이다. 나는 한 뼘 정도 공간이 떠있는 미끄럼틀 밑으로 숨어들었다. 빨리 들키고 싶었는지도 모르겠다. 나를 발견했을 때 환해질 여자의 미소를 떠올리며 다리 하나쯤 슬쩍 밖으로 내밀어 놓고 싶었다. 여자는 나를 찾자마자 추위에 발그레해진 내 뺨에 얼굴을 비벼 댈지도 모른다. 예상했던 대로 여자는 나를 쉽게 찾았다. 내가 꿈꾸었던 부비부비 같은 건 없었다.

"이번에 네가 술래야. 빼먹지 말고 열까지 정확하게 세야 돼."

겨울 해는 짧았다. 술래가 바뀌자마자 땅거미가 놀이터를 점령해 들어오기 시작했다. 놀이터 대부분을 어둠이 베먹었다. 보안등은 아직 켜지지 않았다. 자세히 들여다보지 않으면 사물을 분간하기 쉽지 않았다. 나는 여자가 시키는 대로 정확하게 열까지 세었다. 열! 마지막 숫자를 외쳤을 때 곤줄박이 한 마리가 놀이터를 가로지르며 날아올랐다. 느티나무 가지가 흔들거렸다. 새는 어둠이 되어 눈앞에서 사라졌다.

여자가 보이지 않았다. 나는 미끄럼틀과 정자 뒤편을 샅샅이 뒤졌다. 혹시? 해서 놀이터 외곽까지 훑어보았지만 여자를 찾을 수 없었다. 숫자를 잘못 셌나? 나는 눈을 감고 1부터 10까지 다시 세었다. 숫자를 아홉까지 셌을 때, 주변은 완전히 캄캄해졌다. 인적이 끊긴 놀이터는 유령의 놀이터가 되었다. 바람이 없는데도 그네가 조금씩 움직였다. 음산한 기운이 뿜어져 나왔다. 머리끝이 쭈뼛거렸고 근육이 굳어졌다. 오랫동안 서 있었더니 다리가 아팠다. '꽁꽁 숨어서 나를 지켜보고 있을지도 몰라.' 나는 여자가 나타날 때까지 그네 옆에 쪼그리고 앉았다. 하염없이 그녀를 기다렸다. 그때, 보안등이 켜졌다. 어둠 속에 숨어 있던 놀이터의 맨얼굴이 환하게 드러났고, 여자가 여기 없다는 것을 알았다. 길을 잃어버렸으면 어쩌지? 하는 불안감이 밀려왔다. 내가 아는 한 여자는 길치였다. 운전할 때 항상 나를 조수석에 태웠는데, 목적지를 찾지 못해 같은 길을 몇 번이고 돈 적이 많았다. 완벽하게 자신을 감춰 줄 엄폐물을 찾다가 방향 감각을 잃었을지도 모른다. 온몸이 부르르 떨렸다. 이럴 때가 아니다. 내가 직접 여자를 찾아 나서기로 했다.

몇 시간을 찾아다녔는지 정신이 몽롱했다. 한 명의 행인들도 보이지 않았다. 나는 시계가 없었지만 동물적인 감각이 사람보다 뛰어났다. 나는 내 동물적 감각을 신뢰했다. 자정을 넘긴 것 같았다. 배가 고팠고 목이 말랐다. 놀이터를 나설 때부터 먹은 게 없었다. 여자를 찾아 일대를 계속 돌아다녀 피로와 공복이 한꺼번에 몰려왔다. 드러눕고 싶었다. 그러나 길을 잃고 방황할 여자를 생각했다. 그래서 드러누워선 안됐다. 여자의 슬픈 얼굴이 자꾸 떠올랐다. 잠시도 발걸음을 멈출 수 없었다.

눈앞에 양 갈래 길이 나타났다. 인생은 왜 언제나 선택을 강요할까. 오른쪽은 내리막이었고 왼쪽은 언덕이었다. 이쪽을 선택하면 저쪽 어디엔가 여자가 울고 있을 것 같고, 그 반대도 마찬가지였다. 걸음을 멈추고 고민에 빠져 있을 때였다. 익숙한 냄새가 풍겨왔다. 잡채와 다진 돼지고기가 뒤섞인 향내였다. 내가 너무너무 좋아하는 군만두였다.

한 남자가 비닐봉지를 들고 술에 취해 비틀비틀 언덕을 올라가고 있었다. 나는 비닐봉지 밖으로 뿜어져 나오는 고소한 냄새에 끌려 남자 뒤를 따라갔다. 두 길 중 언덕길에 이미 한 발을 디딘 상태라 거부감은 없었다. 남자와 나는 우연히 방향이 같았을 뿐, 내가 줏대 없이 그 남자 뒤를 따라간 게 아니다. 나는 여전히 길을 잃은 한 여자를 찾아다니고 있었고, 조금 전 내 왼발이 언덕배기로 통하는 왼쪽 길을 선택했고, 동시에 술 취한 남자가 군만두가 들어 있는 비닐봉지를 흔들며 내 옆을 지나갔을 뿐이다. 말하자면 나는 내가 선택한 길을 계속 가고 있었다. 나는 담벼락에 바짝 붙어서 걸었다. 때론 술래처럼 눈을 감기도 했는데, 눈을 뜨면 비닐봉지가 코앞에서 왔다 갔다 했다. 사실 완전히 눈을 감은 것은 아니었다. 실눈을 뜨고 있었다. 여자를 보지 못하고 지나칠까 눈을 감을 수 없었다. 나는 신경이 곤추서 있었다. 다세대 주택 옆 불 꺼진 주차장이나 공터를 지날 땐 발걸음을 멈추고 어둠 속을 뚫어져라 보았다. 부스럭거리는 소리가 나면 그 진원지에 귀를 바짝 세웠다. 소란의 대부분은 길고양이이거나 먹이를 뒤지고 있는 유기견이었다. 버려진 것들이 맞닥뜨리는 공포는 자동차나 인간이 아니라 공복이었다. 나는 치킨 뼈다귀를 물고 달아나는, 몰골이 추한 개를 보며 빨리 집을 찾길 바랐다.

가로등 불빛 아래 수백 마리의 벌레들이 날아다니고 있었다. 흰 벌레 같기도 했고 검은 벌레 같기도 했다. 벌레들은 날개를 퍼덕거리며 상승을 시도하다가 힘에 부친 듯 땅으로 내려앉았다. 눈가에 촉촉한 물기가 느껴졌다. 첫눈이었다.

"너 이놈, 집 나왔구나."

남자가 발끝으로 나를 툭툭 건드리며 말을 걸었다. 나는 유기견이 아니다, 내 주인 여자를 찾고 있는 중이라 항변했지만 남자는 들은 체도 안 했다. 얼마나 마셨는지 술 냄새가 지독했다. 내 후각은 인간보다 10만 배나 뛰어나다. 호모 사피엔스들은 후각세포가 약 500만 개지만, 놀라지 마시라! 우리 종족의 그것은 2억 2천만 개나 된다.

내 고개가 당연히 옆으로 돌아갔다. 남자는 내 태도에 아랑곳 않고 제기랄! 얼굴까지 갖다 댔다. 그러는 사이 첫눈은 폭설로 변했다. 발목까지 수북이 쌓였다. 남자는 머리에 달라붙은 눈을 털어내며 중얼거렸다. 혀가 꼬부라질 대로 꼬부라져 있었다.

"그놈 참 예쁘게 생겼네. 지금부터 넌 내 룸메이트다."

*

그렇게 남자와 나의 동거가 시작되었다. 삼 년이 흘렀다. 남자가 내게 특별히 잘해 주는 것은 없지만 밥과 물은 제때 챙겼다. 야단치는 일도 없었다. 내가 밥을 남기면 옆에 쪼그리고 앉아 걱정스럽게 눈만 껌벅거렸다. 사실 나는 그때 여자를 생각하는 중이었다. 어쩌면 그날 밤 서로를 찾아 헤매다가 길이 엇갈렸을 수도 있지 않았을까. 여자에게 어떤 변이라도 닥쳤다면? 3년이 지났지만 술래잡기 하던 그날 밤을 잊을 수 없었다. 모든 게 내 책임인 것만 같아 식욕이 당기지 않았던 것이다.

남자는 집 부근 대형마트에서 비정규직으로 일했다. 매장관리가 그의 주요 업무였다. 30대 후반에 결혼했지만 일 년이 못돼 이혼했고 아이는 없었다. 남자의 결혼이 왜 파국을 맞았는지, 그 이유를 아는 사람은 없었다. 신혼살림을 차렸던 20평대 아파트를 전 부인에게 주고 자신은 지금의 원룸으로 거처를 옮겼다. 주변에서 이혼의 원인에 대해 말들이 많았다. 어떤 사람들은 남자의 불능을 의심했고, 또 다른 사람들은 아내의 낭비벽에 대해 입방아를 찧었다. 남자가 입을 열지 않는 한 모든 소문은 루머에 불과했다. 남자는 말수가 없었다. 원래부터 그랬는지 이혼 후의 변한 모습인지… 아는 사람이 없었다. 한 사람—재수탱이 여자—을 제외하곤 남자의 집에 오는 사람이 없었다. 몇 달 전부터 남자가 사귀고 있는 K녀가 유일한 방문자였다. 30대 후반의 그녀는 외모만으로도 성격을 짐작할 수 있었다. 그녀가 원룸을 처음 방문한 날 찢어진 눈매와 뾰족한 하관을 보자마자 나는 K녀로부터 멀리 떨어져 앉았다. 놀이터에서 헤어진 여자와 정반대로 생겼기 때문이다. 나의 옛 여자가 얼마나 다정다감했는지 알고 있어서 외모에 대한 선입견이 작용했는지도 모르겠다. 보는 순간부터 K녀가 마음에 들지 않았다. 내가 데면데면하게 굴자 그녀도 나를 본체만체했다. 4층 끝에 위치한 원룸은 지하가 아닌데도 일 년 내내 곰팡이가 피어 있었다. 장롱 뒤쪽, 천장과 벽이 만나는 모서리, 싱크대 타일, 화장실 변기통 주변에서 퀴퀴한 곰팡내를 풍겼다. K녀는 현관에 들어서자마자 코를 틀어막은 채 오만상을 찌푸렸다.

"곰팡이 냄새야? 쟤 냄새야? 이건 하수처리장이잖아!"

화가 치밀어 올랐다. "씨팔, 우리는 매일 이 냄새를 맡고 산다!" 나도 모르게 입술이 말려 올라갔고, 으르렁거리며 송곳니가 드러났다.

K녀는 곰팡이 냄새가 내 탓인 양 남자를 몰아붙였다. 나는 그녀가 자고 가는 날엔 여자로부터 최대한 멀리 잠자리를 잡았다. 베란다 쪽이나

신발장과 현관문 사이 틈에서 불편한 잠을 청했다. 남자와 K녀는 만나기만 하면 술을 마셨다. 맥주와 소주를 안주도 없이 깡으로 마셨다. 남자의 월급날은 탕수육과 팔보채를 시키기도 했다. 그날에는 나도 여자의 더러운 침이 묻은 탕수육 한 점을 맛보았다. 남자는 술에 취하면 K녀의 다리를 쓰다듬고 블라우스 속에 손을 집어넣기도 했다. 그러나 우리로 말하면 흘레붙지는 않았다. 남자는 금세 벽 쪽으로 몸을 모로 세워 잠자는 시늉을 했다. K녀는 남자가 술에 골아 떨어졌다고 생각했지만 나는 남자가 잠들지 않은 것을 알고 있었다. 소파에서 잘 때만 빼고 남자는 절대 몸을 모로 세운 채 잠을 자지 않았다. 삼 년 동안 봐온 남자의 잠버릇은 그랬다. 진짜 잠이 들었을 땐 가자미처럼 납작하게 바닥에 몸을 붙인 채 미동도 없이 잠을 잤다. 죽었는가 싶어 남자의 코에 내 코를 가까이 갖다 댄 적도 있었다. 남자가 왜 K녀와 잠자리를 하지 않는지 알 수 없었다. 혼자 남겨진 K녀는 남은 술을 다 마셨다. 가끔씩 눈이 마주쳤는데 그때마다 나를 노려보던 그녀의 불그레한 눈빛이 잊혀지지 않았다.

보름 전쯤 일이 터졌다. 나는 그때 소변이 마려웠는데, 화장실 문이 쾅 소리를 내며 닫혀 버렸다. 새벽부터 바람이 세차게 불던 월요일이었다. 남자가 베란다 문을 열어 놓고 출근했는데 갑자기 불어 닥친 돌풍에 열려 있던 화장실 문이 닫힌 것이다. 문 안쪽의 잠금장치가 눌려져 있어서 머리로 문을 밀어 보았지만 꿈쩍도 하지 않았다. 방광이 차오르고 있었다. 사타구니 사이로 오줌이 찔끔찔끔 흘러내렸다 나는 젖 먹던 힘을 다해 괄약근을 죄었다.

남자는 평소보다 퇴근이 늦었다. 술이 잔뜩 취해 새벽에 들어올지도 모른다. 선택의 시간이 왔다. 나는 타일이 깔려 있는 베란다에 오줌을 누기 위해 걸음을 옮겼다. 오줌이 쏟아질 것 같아 조심조심 걸었고 최대한 보폭을 줄였다. 베란다에 첫발을 디뎠을 때 계단을 올라오는 발소리가 들렸다. 발뒤축으로 바닥을 구르며 앞발을 살짝 내려놓는 걸음걸이. 나는 그 발소리의 주인이 남자라는 것을 알았다. '반갑다. 인사해야지!' 나는 몸을 돌려 현관을 향해 달려 나갔다. 동시에 오므리고 있었던 괄약근을 놓쳐 버렸다. 현관에서 거실로 올라오는 턱에 질펀하게 오줌을 쏟아 버렸다.

"아악, 이게 뭐야!"

K녀의 단말마가 내 고막을 찢었다. 그녀는 팬티가 보일 정도로 엉덩방아를 찧으며 나뒹굴었다. 하지정맥에 걸린 흉측한 두 다리가 공중에서 그네처럼 흔들거렸다. 내가 싸 놓은 오줌에 미끄러지면서 그녀가 들고 있던 검은 비닐봉지가 바닥에 떨어졌다. 술병들이 부딪히면서 깨지는 소리가 들렸다. K녀는 일어나자마자 현관에 세워져 있던 청소용 밀대를 들고 나를 내리치려고 했고, 남자가 그녀의 손에서 밀대를 빼앗았다. 남자는 아무 말도 하지 않았다. 비닐봉지를 뒤져 깨지지 않은 1리터짜리 페트병 맥주의 마개를 딴 뒤 선 채로 술을 마셨다. 남자는 화를 내지 않았다. 룸메이트였으므로 화를 삭이고 있는 것이 틀림없었다.

"어떡할 거야?"

K녀가 맥주잔을 내려놓으며 말했다. 발목에 멍이 들어 시퍼렜다.

"……"

"날 사랑하기는 하는 거야?"

"……"

"나와 저 개새끼 중 하나를 선택해!"

여자의 악다구니에도 남자는 육포만 질겅질겅 씹었다. 바닥에는 빈 맥주병이 굴러다녔다. 우리가 사는 원룸은 날림으로 지어져 바닥의 기울기가 제각각이었다. 남자의 얼굴이 어두워지고 있었다. 나는 문득 남자가 K녀를 사랑하고 있을지도 모른다는 생각이 들었다. 지난 3년 동안 나는 오늘처럼 괴로워하는 남자의 표정을 본 적이 없다. 그녀에게 내가 모르는 어떤 매력이 있는 걸까. 남자는 진짜 K녀를 사랑하고 있는 것이 아닐까. 그런 생각이 들자 약간의 질투와 우울감에 휩싸였다. 남자는 내 룸메이트였으므로. 나는 두 사람의 사정권에서 벗어나기 위해 소파 귀퉁이에 얼굴을 처박고 자는 척했다. 뒤통수에 여자의 따가운 시선이 꽂혔다.

이튿날부터 남자는 매일같이 새벽에 귀가했다. 만취 상태였다. 그동안 일주일에 2, 3일은 술을 마시지 않는데, 나는 남자의 행동 변화가 궁금했지만 이유를 묻지 않았다. 고마운 것은 아무리 술에 취해도 내 밥과 물은 꼬박꼬박 챙겼다. 남자는 우리가 처음 만났을 때 했던 말을 잊지 않고 있는 것이다. 룸메이트, 언제 떠올려도 듣기 좋은 말이다. 때론 외국어가 우리말보다 정다울 때가 있다.

*

눈이 끊임없이 퍼붓고 있었다. 올해는 눈이 많았다. 티브이는 매일 폭설이나 대설주의보에 대한 주의사항을 떠들어 댔다. 남자를 만난 지 만滿으로 3년을 채웠다. 우리는 룸메이트로서 나름 정이 들었던 것 같다. 특별한 애정 없이도 서로 편안하게 지낼 수 있다는 것은 남자가 너그러운 룸메이트였기 때문이었다. 우리가 이성이라면 너그러움이 사랑으로 발전했을지도 모른다. 나는 이 남자가 좋아지고 있었다. 술이 취했을 때 내 말뜻을 알아차리지 못하고 "응? 응?" 하고 바보처럼 몇 번이나 되물었던 것처럼, 나도 남자가 술김에 뱉어 내는 외계어 정도는 얼마든지 참을 수 있었다.

남자는 어젯밤 마신 술이 덜 깬 듯, 잔뜩 일그러진 얼굴로 몸을 일으켰다. 열 시가 넘었는데도 남자는 출근할 생각이 없어보였다. 나는 걱정이 됐지만 묻지 않기로 했다. 비번이라면 머쓱해질 뿐이다. K녀와 관련된 지난번 사건 이후 나는 말수를 줄였다. K녀는 그 일이 있은 후 이곳에 오지 않았다. 벌렁 나자빠지며 내게 더러운 꽃무늬 팬티를 들켰기 때문일 수도 있다. 여자들은 별것 아닌 일에도 목숨을 건다. 나 때문에 둘이 헤어졌을까. 그건 아닌 것 같다. 이틀 전에도 술이 잔뜩 취한 여자가 남자에게 전화를 걸어 소리를 질러 대는 것을 들었다. 그날은 남자 역시 술이 취해 있어서 나는 두 사람이 나누는 대화를 하나도 알아듣지 못했다. 나로 인해 두 사람의 사랑에 금이 가지 않기를 속으로 바랄 뿐이었다. 새벽녘까지 계속된 통화는 화를 참지 못한 남자가 핸드폰을 던져 버리며 끝이 났다. 본체에서 떨어져 나온 배터리가 몇 번의 불규칙 바운드를 거쳐 내 앞에 멈춰 섰다.

"우리, 잠깐 산책이나 하고 오자."

남자가 나를 차에 태웠다. 오랫동안 세워 둔 차 안은 냉장고였다. 남자는 평소 걸어서 직장에 갔다. 마트가 도보로 십 분 거리에 있기 때문에 차를 가져갈 필요가 없었다. 마트 주차장은 좁아서 비정규직이 차를 주차하는 것을 허락하지 않았다. 남자는 차 안 공기가 데워질 때까지 시동을 켜 둔 채로 가만히 있었다. 한 번씩 가속 페달을 밟았다. 윙윙거리는 엔진의 진동음이 시트를 통해 몸으로 전달되었다. 눈이 그친 이면도로는 얼어있었다. 승용차들이 거북이걸음으로 기어 다녔고, 언덕길을 내려가던 소형 트럭이 균형을 잃고 전봇대를 들이박았다. 운전수가 뒷목을 움켜잡고 밖으로 나와 어디론가 전화를 걸었다. 남자가 변속기를 주행으로 옮긴 뒤 가속 페달에 얹어 놓은 오른 발에 힘을 주었다. 노면은 바퀴를 움켜쥔 채 쉽게 놓아주지 않았다. 남자가 변속기를 주행 모드에서 후진으로 바꾸었다. 남자는 다시 한 번 발가락 끝에 힘을 주었다. 마침내 바퀴를 그러쥐고 있던 노면이 악력을 풀었다. 차는 기우뚱거리며 뒤로 후진했다. 차창 밖으로 하얀 풍경들이 뒷걸음질 치기 시작했다.

고속도로를 올라탄 차는 거침없이 앞으로 달려 나갔다. 차들이 뿜어내는 열기로 콘크리트 노면은 얼음이 녹아 질펀해져 있었다. 차는 JC를 통과해 지방 국도로 들어섰다. 남자는 내게 육포 한 조각을 주었다. 나는 뒷자리에 타고 있었다. 남자는 시선을 차 전방에서 떼지 않은 채 손만 뒤로 내밀어 호주산 육포를 건네주었다. 나는 육포를 바라보기만 했다. 실은 아까부터 속이 더부룩해서 남자에게 차를 좀 세워 달라 할까, 고민하고 있었다. 차는 십 분을 더 달렸고 이심전심이었는지 남자가 휴게소에 차를 세웠다. 국도변휴게소는 사람들이 보이지 않았고 눈을 뒤집어 쓴 건물은 을씨년스러웠다. 시멘트로 거칠게 마감된 휴게소 마당은 눈이 녹아 나와 남자, 룸메이트 둘이 걸음을 뗄 때마다 질퍽거렸다. 끈이 늘어진 플래카드가 바람에 펄럭거렸다. 한쪽 귀퉁이가 찢어져 있어 간당간당했다. 바람의 방향이 바뀌면 떨어져 나갈 것 같았다. 남자는 나를 데리고 화장실 반대 방향으로 걸어갔다. 아무도 없는 건물 뒤편이었다. 나는 남자를 놓치지 않기 위해 열심히 발걸음을 옮겼다. 그때 왜 갑자기 술래잡기

놀이가 생각났는지 모르겠다. 나와 술래잡기를 하다가 길을 잃어버린 여자. 내가 숫자를 천천히 세지 않았더라면, 여자는 놀이터 바깥까지 가지 못했을 텐데. 그랬더라면 여자는 길을 잃지 않았을 텐데. 나는 심한 자책감에 몸을 떨었다. 남자가 걸음을 멈추고 바지 주머니에서 담배와 라이터를 꺼내 불을 붙였다. 담배 연기가 남자의 얼굴을 뿌옇게 가렸다. 남자는 한참 동안 나를 등진 채 서 있었다. 그것은 술래의 자세였다. '고개를 돌리기 전에 얼른 숨어야지.'라는 메시지를 내게 보내고 있는 것 같았다.

"오늘은 아저씨가 술래 하세요."

나는 용기를 내어 남자에게 말했다. 남자는 얼굴을 보여 주는 대신 고개만 끄덕거렸다. 남자가 눈을 뜨기 전에 어디엔가 빨리 몸을 숨겨야 한다. 쉽게 찾아 버리면 내가 술래가 되어야 한다. 여자를 잃어버린 기억 때문에 나는 술래가 싫었다. 최적의 은폐 장소가 필요했다. 최대한 으슥한 공간을 찾기 위해 주위를 두리번거렸다. 멀리 떨어진 곳에 폐타이어와 잡동사니들이 뒤엉켜 있는 어둑어둑한 공터가 보였다. 나는 속으로 숫자를 세며 걸었다. '내가 숨기도 전에 남자가 고개를 돌리면 어쩌지.' 발걸음을 뗄 때마다 가슴이 콩닥콩닥 뛰었다. 도돌이표처럼 나는 속으로 셌던 숫자들을 반복적으로 다시 세기 시작하며 술래로부터 점점 더 멀어졌다.

*

내가 비스킷을 한 조각 삼켰을 때 철커덕, 문이 닫혔다. 나는 폐타이어 더미 속을 파고들었고, 술래가 나를 찾을 때까지 기다리다가 나도 모르게 스르르 눈꺼풀이 감겼고, 타이어를 밀고 나온 나는 놀이터에서의 그 여자처럼 길을 잃어버렸고, 술래에게 들키지 않기 위해 점점 더 먼 곳으로 걸어갔고, 내가 얼마나 오래 걸었는지 기억이 희미해지기 시작할 때였다. 어디선가 향긋한 냄새가 코를 찔렀고, 내가 가장 좋아하는 육포 냄새와 비슷해 고개를 슬쩍 들이밀었을 뿐인데, 그때 굉음을 내며 철장 문이 닫혔다.

남자와 함께 타고 왔던 차보다 더 큰 차를 타고 나는 어디론가 가고 있었다. 남자는 보이지 않았다. 이제 내가 술래라도 나를 찾지 못할 것 같았다. 내가 도착한 곳에는 나처럼 술래잡기 놀이를 하다 온 친구들이 많이 있었다. 어떤 녀석은 여전히 술래처럼 구석구석을 뒤지고 다녔다. 어떤 녀석은 술래에게 들키지 않기 위해 어두운 곳을 찾아 몸을 숨겼다. 술래놀이가 시큰둥해진 몇몇 친구들은 돌멩이처럼 굳은 표정으로 몇 시간째 앉아 있었다. 간혹 남자와 여자 같은 사람들이 나타나면 친구들은 술래놀이 중인 것도 잊고 얼굴을 보여 주었다. 친구들은 술래놀이의 규칙을 잘 모르는 것 같았다. 술래와 숨는 자 사이의 팽팽한 긴장감. 그것이 술래놀이의 묘미인데, 숨는 방법도 숫자를 세는 법도 모르고 있었다.

시간이 흐르면서 친구들은 들키는 자와 들키지 않는 자로 나뉘어졌다. 술래에게 들킨 친구들은 술래를 따라갔다. 술래들은 친구들을 차에 태우고 사라졌다. 들키지 않는 친구들은 몇 명씩 한꺼번에 사라졌다. 나는 두 번의 술래놀이를 통해 어떻게 하면 술래에게 들키지 않는지 잘 알고 있었다. 나는 이곳에 온 열흘 동안 한 번도 들키지 않았다. 우리가 있는 곳은 숨을 곳이 없는데도 나는 들키지 않았다. 술래들은 눈도 감지 않고 우리를 찾아다녔고, 술래놀이에 가장 적합한 친구들만 골라서 데려갔다. 그 친구들은 대부분 장난감처럼 쪼그마했고 예쁘장한 외모를 갖고 있었다.

나는 보름 동안 한 번도 들키지 않았다.

　오랜만에 날씨가 화창했다. 우리들은 햇빛을 쬐며 삼삼오오 모여 있었다. 몇은 뒹굴면서 몸을 그을리고, 몇은 제 그림자를 쫓아다녔다. 대부분의 친구들은 아무것도 하지 않고 가만히 누워있었다. 잠시 후 구름이 해를 가렸다. 누가 내 이름을 부르는 것 같았고, 나는 목소리가 들려오는 작은 방으로 들어섰다. 먼저 들어간 친구들은 대낮부터 잠에 취해 있었다. 귀를 잡아당겨도 꼼짝하지 않았다. 갑자기 갈증이 났지만 마실 물이 없었다. 그때 여자와 남자가 기억났다. 내 애인이었던 여자와 룸메이트였던 남자. 지금도 나를 찾아다니다가 길을 잃고 울부짖을 것 같은 여자. 술이 취하면 나를 부둥켜안고 내 볼에 부비부비 하던 남자. 그들과 다시 한번 술래잡기를 하고 싶었다.

*

　언젠가 룸메이트였던 남자와 함께 보았던 영화의 한 장면이 떠올랐다. 범죄자인 듯한 남자가 감방을 나와 천천히 어디론가 걸어가는 모습. 잠시 후 그 남자의 양팔에 수갑이 채워지고 주사기가 정맥 속으로 꽂히고, 주사기 속으로 색깔이 다른 액체들이 차례대로 주입되는 장면. 나는 그중 장밋빛 액체가 제일 궁금했다. 그 맛은 어떤 느낌일까, 하고 영화를 보는 내내 마른 입술을 빨던 기억이 스치고 지나갔다.

　깜깜한 방안에서 영화가 상영되고 있었다. 영사기 필름이 스르륵, 스르륵, 돌아가며 잔상과 잔상을 이어 주고 있었다. 하얀 가운을 입은 어떤 아저씨가 화면에서 걸어 나와 내 양팔을 꽉 잡았다. 수갑을 채우거나 강제로 눕히지는 않았다. 나는 서 있는 자세 그대로 편안하게 팔을 맡겼다. 무섭지 않았다. 어떤 여자가 빠르게 몸을 숨기는 장면이 잠시 어른거리다 사라지고, 어떤 남자가 뒤돌아서서 눈을 감고 서 있었다. 방금 우유를 데운 듯한 따뜻한 액체의 느낌이 팔을 통과해 몸속으로 퍼져 나갔다. 하나, 둘, 셋 넷……. 나는 술래처럼 눈을 감고 숫자를 세기 시작했다. 《끝》

딜리버리 맨

눈을 떴을 때, 정태는 콘크리트 위에 엎어져있었다. 코끝이 눌려 돼지 코처럼 접혔고 손목시계 가죽 줄이 끊어져 있었다. 그는 본능적으로 파카 안주머니에 손을 집어넣었다. 휴대폰은 멀쩡했다. 부재 중 전화가 열세 통이나 찍혀 있었다. 팔은 부러지지 않았다. 손목을 들어 올리는 것이 가능했다. 시계를 봤다. 한겨울이라 벌써 땅거미가 거뭇거뭇 축대를 기어오르고 있었다. 굴러 떨어지는 순간은 기억 안 났다. 그때 이미 정신을 잃었다. 12월의 차가운 저녁 공기가 얼굴에 달라붙었다. 양 볼이 얼얼했다. 손으로 꼬집어도 감각이 없었다. 몸을 일으켰다. 끙, 하는 신음이 새어 나왔다. 뒷머리가 지끈거렸다. 헬멧을 턱 끈으로 묶어서 다행히 머리를 다치지는 않았다. 충격은 컸지만 몸을 일으킬 수 있었다. 팔다리가 부러졌다거나 갈빗대에 금이 간 것 같지도 않았다. 귓불 아래 뭔가 차가운 느낌이 들었다. 손바닥이 찐득하고 미끈거렸다. 피였다. 큰 상처는 아니고 귓불 외는 얼굴과 손등이 긁혔을 뿐이었다. 올해 한파는 예년보다 강했다. 영하 10도 강추위에 얼어 죽지 않은 것만도 천운이었다. 정태는 주위를 둘러보았다. 오토바이는 그가 쓰러진 곳으로부터 십여 미터 떨어진 배수로에 처박혀 있다. 앞바퀴 휠이 휘어졌고, 연료 캡이 떨어져 나가 기름이 흘러나왔다. 배달할 피자가 여러 조각으로 쪼개져 오토바이 주변에 흩어져 있었다. 끈적끈적한 치즈가 핸들과 헤드라이트에 껌처럼 달라붙어 있었다.

"씨팔, 망했군."

파카에 묻은 흙을 털어내며 고개를 쳐들었다. 찌뿌둥한 하늘이었다. 눈이 쏟아질 것 같았다.

한 시간 전에 정태는 한통의 전화를 받았다. 여자는 처음에 고구마 피자를 주문했다가 "잠시만요." 하더니 '슈퍼슈프림'치즈피자로 바꿨다. 아이의 떼쓰는 소리가 수화기 밖으로 흘러나왔다. 여자는 다시 두 종류의 피자 사이를 왔다 갔다 하더니 처음의 고구마피자를 다시 선택했다. 미안해하는 기색은 없었다. 한창 바쁜 시간에 "요즘 주문이 많이 들어오나봐요." 같은 쓸데없는 이야기를 늘어놓으며 전화를 끊지 않았다. 그는 일부러 여자의 말을 복창하면서 슬그머니 전화를 끊었다.

"유림아파트 209동 1003호라고요? 네네, 30분 내로 배달하겠습니다."

토요일 오후는 피크타임. 주문 전화가 평일보다 두 배 이상 걸려온다. 주 고객은 피자 한 판으로 점심과 저녁을 동시에 해결하는 젊은 부부들이었다. 정태가 아르바이트를 뛰고 있는 피자가게는 아파트 밀집 지역에서 상당히 떨어진 곳에 있었다. 아파트가 몰려 있는 중심 상가는 목이 좋은 만큼 임대료가 비쌌다. 브랜드가 알려진 몇몇 피자 체인점 외는 반년을 견디지 못하고 망했다. 사장은 이런 점을 역이용했다. 가게 사장은 피자집을 열기 전 자동차 판매영업소장을 오랫동안 했다. 고객의 심리를 꿰뚫고 있었다. 임대료가 싼 외곽에 가게를 얻는 대신 맛과 저렴한 가격으로 승부수를 띄웠다. 그의 예상은 들어맞았다. 방금 여자가 주문한 슈퍼슈프림피자의 경우 유명 브랜드 피자 가격 절반이었다. 맛도 떨어지지 않았다. 사장의 전략은 박리다매였다. 낮은 임대료 덕분에 피자 가격을 낮출 수 있었다. 이러한 전략은 금세 입소문을 탔다. 주말에는 가족 단위로 찾아오는 고객들 때문에 눈코 뜰 새 없이 바빴고, 가게를 확장해야 할 판이었다. 문을 연 지 일 년 만에 매출이 열 배 늘었다. 사장은 '마이더스의 손'으로 통했다. 요리사 두 명 외에 지배인 한 명, 홀 담당 한 명, 정태 같은 배달 전담 알바들이 네 명이나 되었다.

오늘도 사장은 안전운행에 대해 일장연설을 했다. 안전한 배달을 위해선 오토바이 속도를 줄이는 것밖에 없었다. 속도를 늦추면 늦춘 만큼, 겨울철에는 피자가 식어 버려 고객들이 악성 댓글을 달았다. 지불을 거부하거나 배달 전문 사이트 게시판에다 '이거 냉동피자예요?'라는 등 악성 댓글을 올리는 고객도 있었다. 경쟁이 치열한 이 업계는 말이 되지 않을수록 말이 되었다. 악성 댓글은 발 빠르게 퍼져 나갔다. 피해는 배달원 몫으로 돌아왔다. 그때마다 사장은 잔소리를 늘어놓았고, 평소 마음에 들지 않는 알바는, 그것을 핑계로 해고했다. 냉정했지만 사장이 인격파탄자는 아니었다. 짠돌이도 아니었다. 외곽이라는, 배달 난이도가 높은 지역적 특성을 감안해 시간당 임금을 중심상가 피자집보다 두 배로 쳐 주었다. 매출이 많이 오른 달에는 보너스도 줬다. 안정적인 배달을 위한 용인술이라도 한 푼이 아쉬운 알바들에게 이 가게는 좋은 일자리였고 사장은 괜찮은 보스였다.

정태는 오토바이 뒤에 피자를 실은 뒤 스타트 버튼을 눌렀다. 주행거리가 많다 보니 구입한 지 일 년 만에 오토바이는 비실비실했다. 한참 동안 가래 끓는 소리를 내더니 시동이 걸렸다. 길이 미끄러웠다. 밤새 내린 눈으로 도로 군데군데 결빙이 되어 있었다. 가게에서부터 주문 변덕을 부리던 여자가 살고 있는 아파트까지는 먼 거리였다. 도보로는 한 시간, 자동차 사이를 곡예운전을 하며 50cc 오토바이로 질주했을 땐 15분 걸렸다. 도중에 두 개의 굴다리와 좁고 구불구불한 비포장도로를 통과해야 했다. 이 일대는 수도권 외곽 지역이라 빈 터가 많았다. 어떤 곳은 도로보다 지대가 낮았다. 고구마피자를 주문한 여자의 아파트는 43번 국도에서 〈SK 주유소〉를 끼고 오른쪽으로 꺾은 뒤 한참을 더 가야 했다. 취약 구간은 주유소에서 아파트로 연결되는 커브 길이었다. 회전 내리막인데다 응달이라 눈이 녹지 않아서 위험했다. 배달원들에게 "마의 구간"으로 통했다. 그곳은 빠른 배달이 생명인, 퀵서비스맨이나 야식배달원에게 악명이 자자했다. 악명이 높아도 어쩔 수 없었다. 이 길을 거치지 않고서는 아파트 단지로 들어갈 수 없었다. "마의 구간" 밑에 개천이 흐르고 있었다. 천변을 따라 콘크리트로 포장된 오솔길이 있었다. 산책로 용도로 만들었지만 하천이 뿜어내는 악취가 심해 아무도 이용하지 않았다. 문제는 하천 위쪽에 건설된 도로였다. 난개발 된 아파트 단지라 직선도로가 없었다. 도로는 구불구불했고 회전반경이 짧은 급경사였다. 천변 산책로로 추락할 위험이 컸다. 올 여름엔 자전거를 타고 가던 노인이 크게 다쳤다. 4대를 이어 살아온 원주민이었다. 가드 레일이라도 설치해 달라고 민원을 넣었지만 구청은 예산 부족을 핑계로 차일피일 미루기만 했다. 이번 겨울 들어서만 두 명의 배달원이 중상을 입고 일을 그만두었다. 그중한 사람은 안면이 있었다. 정태보다 7살 아래였는데 오전에 편의점 알바를 하다가 오후엔 피자 배달하는 녀석이었다. 배달을 마치고 돌아오는 길에 마주치면 오토바이를 세워 놓고 담배를 같이 피울 정도의 친분이었다. 딱 그 정도였다. 담배가 타들어 가는 시간동안 미래에 대한 불안, 알바들의 노동과 비례하는 주문량 증감, 악성 고객에 대한 험담을 공유하는 것 정도였다. 그리고 꽁초의 열기가 검지와 중지 사이에 느껴질 때쯤 각자의 길을 갔다. 그는 폭우가 쏟아지던 지난달 토요일에 오토바이 속도를 줄이지 않고 달리다가 마의 구간에서 중심을 잃고 미끄러졌다. 하천으로 떨어지면서 축대에 부딪혔는데 그때 헬멧이 벗겨졌다. 턱 끈을 매지 않은 실수였다. 머리가 콘크리트 바닥에 충돌했다. 두 번의 뇌수술 끝에 목숨을 건졌으나 후유증이 심했다. 반병신으로 살아간다는 소문이 들렸다. 그런 사고소식에 정태 역시 이곳을 지날 때마다 긴장했다. 속도를 늦추기도 했다. 겁이 나서 시동을 끈 채 오토바이를 끌면서 '마의 구간'을 벗어난 적도 있었다. 때로는 깜빡 잊고 속도를 줄이지 않았다가, 그 무시무시한 급커브 길에서 몸이 오토바이 바깥으로 튕겨나가는 듯 아찔한 원심력이 느껴질 때 머리칼이 쭈뼛 솟구쳤다. 한 시간 전이 그런 경우였는데 이번엔 운이 나빠 사고로 연결되었다. 커브를 도는데 접지력을 잃은 앞바퀴가 핸들을 방향과 반대쪽인 하천을 향해 지그재그로 미끄러지기 시작했다. 급브레이크를 밟는 순간 오토바이가 휘청하더니 하천으로 돌진해 버렸다. 몸이 공중으로 붕 떠올랐다가 천변 은행나무 둥치에 부딪혔던 것까지 기억났다. 공중에 떠 있을 동안 정신줄은 놓지 않았던 모양이다. 늦은 오후의 태양이 눈 속으로 빨려 들어왔다. 얼어붙은 매지구름이 머리 위로 천천히 지나가는 것이 보였다. 그리고 모든 풍경들이 캄캄해졌다. 정태는 정신을 잃었다.

천변은 평소 지나다니는 사람이 거의 없었다. 주말엔 마스크를 낀 채 팔을 앞뒤로 뻗으며 운동하는 여자들이 간간히 있지만 평일엔 인적이 끊겨 으스스하기까지 했다. 천변 위 도로에 심어놓은 나무와 나무 사이의 간격이 촘촘했다. 가지가 앙상한 겨울에도 고개를 꺾어 아래를 살피지 않는 한 사고현장이 보이지 않았다. 햇빛이 들지 않는 응달이고, 낮에도 어두컴컴했다. 눈이 오면 겨울 내내 녹지 않았다. 천변과 반대편 공터를 이어주는 작은 다리가 하나 있었다. 이곳이 아파트 단지가 개발되기 전 마을과 마을을 이어 주는 지름길이었다. 정태는 축대 밑으로 떨어지면서 몇 번의 충돌 끝에 재수 없이 그 다리 밑으로 굴러 들어갔다. 정태가 추락한 그 시간에 행인이 없었다.

*

정신을 차린 정태는 오토바이를 일으켜 세우려다 포기했다. 핸들을 잡은 손목에 힘을 주자마자 전기에 감전 된 듯 찌릿한 통증이 팔 전체로 번졌다. 팔목이 부러진 것 같았다. 오토바이를 끌고 간다 해도 무게를 지탱할 자신이 없었다. 그는 고꾸라져 있는 오토바이를 바라보다가 갑자기 휴대폰에 무수하게 찍힌 '부재 중 전화'를 보았다. 사고 충격으로 배달 중이라는 사실조차 잊어버리고 있었다. 그는 피자가게에 사고가 난 것을 알리기 위해 전화를 걸었다. 익숙한 멜로디가 들려왔다.

피자가게는 전화를 받지 않았다. 몇 번이나 번호를 눌렀는데 연결이 되지 않았다. 사장 개인 휴대폰으로 전화를 걸어 봐도 마찬가지였다. 가게 직원 모두에게 개인 전화를 걸었는데, 그들 역시 약속이나 한 듯 응답이 없었다. 이 시간이면 한창 주문 전화가 걸려 올 때였다. 개인 전화는 못 받는다 해도 고객 주문 전화일 가게 전화는 받아야 한다. 이상한 일이었다. 돈이 없어 택시를 탈 수도 없었다. 걱정하고 있을 사장과 직원들 얼굴이 떠올랐다.

휴대폰에 저장된 모든 전화번호를 차례대로 눌렀다. 누군가는 전화를 받겠지, 생각했다. 초등학교 때부터 절친인 정우는 벨이 울리자마자 "야, 이 바쁜 시간에 웬일이야. 너 잘렸냐?" 하며 킬킬거릴 것이다. 기대는 무참하게 박살났다. 정우조차 전화를 받지 않았다. 게다가 휴대폰 액정화면이 꺼져 버렸다. 휴대폰 배터리가 완전히 방전되었다. 한겨울이라 금세 날이 어두워졌다. 하천변엔 불빛이라곤 없었다. 어디가 어딘지 분간이 되지 않았다. 출구를 찾을 수 없었다. 가로등이 없는 천변은 암흑세계였다. 정태는 영화관에 처음 들어간 것처럼, 더듬거리며 걸어갔다. 발을 꼬이면서 여러 번 넘어졌다. 십 분쯤 걸었을까. 주변의 사물들이 눈에 들어오기 시작했다. 어둠에 적응된 눈이 물체를 희미하게나마 식별하기 시작했을 땐 손목시계의 야광시침이 일곱 시를 가리키고 있었다. 천변에서 도로를 향해 있는 경사로가 보였다. 나뭇가지에 가려있어 긴가민가했지만 양미간을 오므려보니 계단이었다. 하천길이 자전거 한 대가 겨우 지나갈 정도로 좁았으므로 계단은 상대적으로 가팔랐다. 기울기가 50도에 가까워 보였다. 그는 성벽을 기어오르는 병사처럼, 몸을 최대한 계단에 밀착시킨 채 엉금엉금 기어올랐다.

올라왔다!

조명을 밝힌 간판 하나가 눈에 띄었다. 정태는 도로 옆 인도를 따라 비틀비틀 걸었다. 멀리 중심 상가를 둘러싸고 있는 아파트 단지가 보였다. 그 뒤쪽, 겹쳐진 산들이 유령처럼 몸을 흔들고 있는 듯했다. 칼바람이 얼굴 정면에 빠른 속도로 부딪혔다. 면도칼에 베인 듯한 통증이 살갗을 파고들었다, 통증 따윈 무시해야 한다! 그는 이빨을 깨물었다. 한시라도 빨리 가게에 도착해야 한다. 가게는 왜 전화를 받지 않을까, 하는 궁금증은 '슈퍼슈프림'피자를 주문한 여자의 화난 얼굴에 눌려 사라졌다. 배달을 취소하는 대신 끝까지 독촉전화를 해댈 여자였다. 전화를 거는 동안 아이는 계속 울음을 그치지 않을 것이다, 사장은 수차례 정태에게 전화를 걸었을 테고, 연락이 닿지 않자 배달 경력만 10년이 넘는 박 선배를 투입했을 것이다. 50대의 박 씨는 막내 동생뻘인 여자에게 미안하다며 연신 고개를 조아렸을 테고, 정태가 쓰러진 천변 위 커브 길을 두 번이나 지나쳤을 것이다.

정태는 줄어들지 않는 길을 걷고 또 걸었다. 눈이 내린 데다 영하권으로 떨어져 버린 날씨 탓에 행인이 없었다. 퇴근길의 자동차들만이 빙판길 추돌사고를 의식한 듯 앞차와 간격을 유지한 채 기어가고 있었다. 차창 안을 쳐다보니 운전자들은 대부분 40대 전후였다. 두 번의 사업 실패로 아내와 이혼하고 딸 양육권마저 빼앗긴 서른아홉 노정태는 그들과 딴 세상에 살고 있었다. 정태는 회사가 망한 뒤 노숙자로 지내다 아버지의 죽음에 가까스로 정신을 차렸고, 지인의 소개로 지금의 피자가게에 일자리를 얻었다. 그러나 100여만 원의 월급으로 딸 양육비를 제하고 나면 원룸조차 구하기가 쉽지 않았다. 죽으라는 법은 없었다. 딱한 형편을 알게 된 사장의 배려 덕분에 그는 가게에 딸린 골방에서 숙식을 해결했다. 딸아이를 생각하며 고된 하루하루를 버텨냈다.

가게에서 잠을 자면서부터 아침에 문을 열고 저녁에 문을 닫는 것이 그의 몫이었다. 가장 먼저 출근하고 제일 늦게 퇴근하는 것이 자연스러운 일상이 되었다. 피자가게는 상가나 사무용 빌딩들이 들어서지 않은 나대지의 가장자리에 위치해 있었다. 방패막이가 없는 가게는 바람의 표적이 되었다. 인근의 산을 휘감아 내려온 북풍은 무방비 상태의 가게 정면으로 불어왔다. 하루라도 청소를 빼먹으면 출입문과 전면의 대형 유리창은 창호지를 바른 것처럼 뿌옇게 변해 버렸다. 황사가 몰려온 날은 배달 틈틈이 유리창에 세제를 뿌리고 물걸레로 닦아 내야만 했다. 그것 또한 정태의 몫이었다. 그가 유리창 청소를 하고 있을 동안 다른 직원들은 쳐다보기만 했다. 불공평한 일이지만 청소에 관한 한 사장은 개입하지 않았다. 사장은 때로 땀을 뻘뻘 흘리며 물걸레질을 하는 정태의 어깨를 툭, 치며 지나갔다. 어떨 땐 지갑에서 만 원짜리 한 장을 꺼내 그의 뒷주머니에 찔러 주는 것으로 그에 대한 신뢰와 애정을 암묵적으로 표시했다. 언제부턴가 피자가게를 청결하게 만드는 모든 일은 정태의 책임이 되었다. 어깨를 짓누르는 책임감에 비례해 뭔가 뿌듯한 느낌이 가슴 저 밑바닥에 쌓였다. 쌀통에 쌀이 불어날 때 가장으로서 흐뭇함 같은 거였다. 정태는 어느 누구의 시선도 의식하지 않고 자발적으로 빗자루와 봉걸레를 들었다. 바닥 청소뿐 아니라 화장실을 하루에 세 번 이상 살펴보았다. 가게 문을 열기 전에 테이블과 전등갓 위의 미세한 먼지까지 물걸레로 닦았다.

가게로 가는 길은 줄어들지 않았다. 시계를 보았다. 일곱 시 오 분, 사고가 난 지 네 시간에 지났다. 주저앉고 싶어도 참았다. 가게를 향해 쉬지 않고 걸었다. 걷다가 지치면 버스정류장 벤치에 누워 다친 몸을 추슬렀다. 정태가 올려다본 밤하늘에서 한 무리의 별들이 유성우로 쏟아졌다.

*

가게에 들어섰을 때 디지털 벽시계는 꺼져 있었다. 배달을 나가면서 시계를 흘낏 본 기억이 났다. 그때 시계는 2시 10분이었고, 시간과 분을 나타내는 숫자 사이에 전자식 쌍점이 깜빡거리며 작동하고 있었다. 그런데 지금은 시계 계기판이 꺼졌다. 내일 아침에 배터리를 교환해 줘야겠다고 생각했다. 손목시계를 보니 여덟 시였다. 영업이 끝날 시간이 아닌데, 가게 안에는 손님도 직원들도 보이지 않았다. 주방 쪽에서 두런거리는 소리가 들려왔다.

주방 안에는 사장과 직원들이 고객용 테이블을 옮겨 놓고 빙 둘러앉아 술을 마시고 있었다. 정태가 사장에게 고개를 꾸벅거렸지만 사장은 쳐다보지도 않은 채 소주를 들이켰다. 빈 병들이 탁자 여기저기 나뒹구는 것으로 봐서 다들 취한 것 같았다. 화를 가라앉히지 못한 사장이 "오늘은 일찍 문을 닫아!"라고 명령했을지 모른다.

"죄송합니다. 사고로 정신을 잃는 바람에 전화를 못 받았습니다."

정태가 기어들어가는 목소리로 말했다. 사장은 아무 말도 듣지 못한 것처럼 표정에 변화가 없었다. 직원들도 마찬가지였다. "지금까지 어디 있었어?", "사고 났구나?" 등의 질문이 쏟아져야 할 텐데, 모두 정태와 눈을 마주치지 않았다. 그들은 정태라는 존재가 옆에 있다는 사실을 모르는 듯 사장의 말에만 귀를 기울이고 있었다. 사장은 직원들 모두의 잔에 일일이 술을 채우더니 오른손을 번쩍 들어올렸다.

"자자, 오늘 수고들 했어. 중간에 잔 꺾지 말고 한번에 죽 들이켜!"

사장은 너털웃음을 터뜨리며 좌중을 둘러보았다. 요리사와 지배인은 사장의 말이 떨어지자마자 입 안으로 술을 털어 넣었고, 배달원들은 고개를 돌려 술을 마셨다.

"근데 사장님, 정태가 정말 도망친 걸까요?"

지배인이 사장의 빈 잔에 술을 채우다 말고 물었다. 그 말을 듣는 순간 정태는 까무러질 듯 놀랐다.

"도망치다니요? 저, 지금 여기 있는데 그 무슨 섭섭한 말씀이세요? 배달사고가 났을 뿐이라고요. 전화 안 받아서 화나신 거는 알겠는데……."

정태는 억울한 마음에 지배인의 팔을 잡아 흔들며 항변했다.

"박 주임, 자네가 정태 대신 유림 아파트 사는 변덕스러운 여자 집에 슈프림피자를 갖다주었지? 그리고 그 '마의 구간'인가 뭔가 하는 커브 길 언덕에 정태가 떨어져 있었다며?"

사장이 박 선배를 쳐다보며 물었다.

"사장님, 이제 그 이야긴 그만하시죠. 그곳을 돌 땐 오토바이 속도 줄이라고 그만큼 말했는데… 사라진 정태 이야기가 자꾸 나오니 으스스하고 기분이 이상해요."

"배달 나가기 전날, 울면서 애 양육비 꿔 달래서 줬는데, 다 소용없게 돼 버렸네."

사장의 얇은 입술이 초승달처럼 오른쪽 입가 쪽으로 말려 올라갔다.

"그러게요. 그 친구 처음부터 좀 이상했어요. 사업에 실패했다는 스토리도 믿음이 안 가고."

주방장 최씨까지 거들고 나섰다. 하는 일이 달라 말을 거의 섞지 않았지만 그렇다고 사이가 나쁜 편은 아니었는데, 인간은 다 "개새끼"였다.

"배달도 늘 문제를 일으켰잖아요. 길눈이 어두워 되돌아온 적도 몇 번 있었고."

누구보다도 가깝게 지냈던 후배 배달원 형찬이었다. 저 녀석이 험담을 늘어놓으리라곤 상상도 못했다. 형찬은 대학교 휴학생이었다. 집이 가난해 제 힘으로 학비를 벌어 등록과 휴학을 반복하다 보니 칠 년째 학교를 다니고 있었다. 그를 동생으로 여기고 따뜻하게 대해 줬는데 '이럴 수가?' 하는 배신감에 심장이 벌렁거렸다.

"왜들 이래요! 다친 몸으로 여기까지 힘들게 걸어왔는데, 영업시간에 전화도 받지 않고!"

억울하고 서러운 마음이 들어 소리를 질렀지만 아무런 반응이 없었다. 사장은 여전히 소주를 들이켰고 직원들은 앞서거니 뒤서거니 그에 대한 비난을 했다. 그들 모두 사전에 모의라도 한 듯 정태를 투명인간 취급했다.

"그래도 청소 하나는 야무졌지."

사장의 말은 배달이 아니라 청소 때문에 정태를 채용한 것처럼 들렸다.

"그것도 그래요. 청소를 해도 눈치가 필요하잖아요. 홀에 손님이 있는데도 바닥을 쓸지 않나, 요즘 젊은 엄마들은 위생에 얼마나 예민한데 그런 걸 의식 못 했어요."

마지막까지 입을 다물고 있던 중고참 상호가 비난 대열에 끼어들었다.

"도망친 녀석은 생각할 필요 없어. 우리 가게가 유명해지면서 배달은 줄고 홀 손님이 많아졌잖아. 어차피 배달원 줄이고 홀 서빙을 한 명 더 늘릴까 했어. 지배인한테 들어 다들 알고 있지?"

사장은 직원들을 훑으며 단호한 표정을 지었다. 꽉 다문 어금니는 아래턱이 도드라지게 했다. 정태는 지금 자신의 눈앞에서 벌어지고 있는 이 괴이한 상황을 어떻게 받아들여야 할지 판단이 서지 않았다. 고래고래 소리도 질러 보았고 무릎을 굽혀 사장과 시선을 맞추어 보기도 했으며 형찬이와 상우의 어깨를 번갈아 흔들어 보기도 했으나 그들 모두에게 정태는 이미 존재하지 않는 사람이었다.

뼈에 붙어 있던 근육들이 일시에 흐물흐물해지면서 서 있을 힘조차 없었다. 눈꺼풀이 조금씩 무거워지더니 잠이 쏟아졌다.

*

온몸이 아팠다. 무언가 말을 하려 해도 무거운 추를 달아놓은 듯 입술이 벌어지지 않았고 갈빗대 부근이 쑤시고 욱신거렸다. 팔과 다리에 묵직한 둔통이 느껴질 때쯤 망막에 흐릿하게 맺혀있는 사물들이 조금씩 보이기 시작했다. 천장의 형광등 불빛에 눈이 부셨다. 벌어진 커튼 사이로 간호사가 카트를 끌며 병실을 나가고 있었고 사람들이 정태 주위에 빙 둘러 서 있었다. 모두 낯익은 얼굴들이다. 사장과 지배인 옆에 박 선배와 형찬이 보였고, 막내인 상우가 그 사이로 고개를 내밀고 있었다. 박 선배는 얼핏 보기에도 눈자위가 충혈되어 있었다. 형찬이는 걱정스러운 눈빛으로 정태를 내려다보았다.

"괜찮아?"

사장이 정태의 손을 당겨 잡으며 물었다. 파르르 떨리고 있는 미세한 살갗의 감촉이 손과 손 사이의 공간을 타고 전해졌다. 정태는 대답 대신 고개만 끄덕였다.

"그만하길 다행이다. 잘못될까 봐 다들 얼마나 걱정했는데."

박 선배가 침상 시트를 정태의 가슴까지 끌어올렸다. 그 행동에 형이 동생을 대하는 것 같은 따스함에 묻어 있었다.

"형은 내가 믿, 지, 못, 할, 사람이라면서요……."

입을 벌릴 때마다 턱관절에 통증이 느껴졌다. 정태는 떠듬떠듬 말했다.

"무슨 소리 하는 거야? 이 친구가 아직 제 정신이 아니네. 응급실 의사가 뇌진탕으로 정신을 잃으면 깨어날 때 환상에 빠질 수도 있다고 했으니."

사장의 말에 직원들이 따라 웃었다.

"네가 연락이 안 되자 문득 불길한 예감이 들었어. 그래서 가게 문을 닫고 사장님과 함께 모두가 널 찾아 나섰어. 발견 당시엔 넌 완전히 의식을 잃은 상태였고, 피범벅이었어. 팔다리가 골절되고 갈빗대도 두 개 부러졌어. 머리에 심한 충격이 있었지만 헬멧 덕분에 목숨만 건졌던 거지. 다행히 수술은 잘 됐고 한 달 뒤면 퇴원이 가능하대. 넌 사흘 만에 깨어난 거야."

지배인이 책임자답게 그간 있었던 일을 일목요연하게 정리해서 설명했다.

정태는 지금의 상황이 어리둥절했다. 조금 전까지 주방에 모여 자신에 대한 비난을 늘어놓던 사람들이었는데, 지금 이곳은 가게가 아니라 병원이었다. 그는 사장을 올려다보며 힘들게 입을 뗐다.

"사장님, 배달원을 한 명 줄이나요?"

뜬금없는 정태의 질문에 직원 모두의 눈이 휘둥그레졌다. 상우는 킥킥거리며 터져 나오는 웃음을 막으려 두 손으로 입을 가렸다.

"무슨 소리야? 배달이 밀려들어 조만간 한두 명쯤 더 뽑아야 할 것 같은데."

사장의 대답이 끝나자마자 지배인이 농을 건넸다.

"이제야 살맛이 나나 보네."

사장은 정태가 엉뚱한 질문을 계속 쏟아내자 회복의 징후로 보고 있는 듯했다. 환자가 마취에서 깨어날 때 약기운 때문에 횡설수설하는 것처럼.

정태가 사장을 올려다보며 다시 물었다.

"저는요?"

"저라니?"

사장이 정태가 묻는 말을 알아차리지 못한 채 되물었다.

"저는 청소 담당이라면서요?"

"응? ……."

사장은 무엇인가 생각하는 듯한 표정으로 한참동안 말이 없다가 입을 열었다.

"아아, 그건 좀 미안해. 자네가 워낙 청소의 달인이다 보니 다른 사람에게는 그 일을 못 맡기겠어. 혼자만 청소한 것이 섭섭했나 보네. 다음 달부터 특별 수당을 쳐 줌세."

그리고는 정태를 향해 한쪽 눈을 찡긋해 보였다. 그것은 정태 혼자서 황사가 뽀얗게 뒤덮인 유리창을 닦을 때, 혹은 아침 일찍 봉걸레로 홀 바닥을 윤기가 반짝반짝 빛날 때까지 문지르고 있을 때, 그리고 마침내 사장이 천장에 매달린 전등의 스위치를 올리자 그 불빛이 정태가 서 있는 바닥에서도 쌍둥이처럼 똑같이 켜졌을 때, 사장이 환한 얼굴로 V자를 그리며 그를 향해 던지던 미소 같았다. 정태도 사장을 향해 오른쪽 눈을 질끈 감았다 떴다. 얼굴이 퉁퉁 부어 있어서 그 모습은 울음과 웃음이 뒤섞인 기묘한 형상으로 변해 버렸다. 《끝》

불청객

20년 전에 돌아가신 어머니가 내 눈앞에 살아서 나타난 것은 일요일 저녁 7시께였다. 나는 평소보다 늦은 저녁을 먹고 느긋하게 소파에 누워 TV 채널을 돌리고 있었다.

그때 "문이 열렸습니다." 라는 멘트가 들리더니 경첩이 삐―꺽거리며 요란한 소리를 냈다. 경첩이 고장 나서 조만간 수리업체를 불러 손볼 생각이었는데 그 소리가 귀에 거슬렸다.

어… 어머니였다.

당신은 현관문을 열고 집 안으로 들어왔다. 아내가 비밀번호를 알려 주었나? 나와 아내 두 사람 외에 아무에게도 알려 주지 말라고 했는데…

어머니는 신발장을 지나 정물처럼 중문 뒤에 서 있었고 나는 부엌에서 저녁 식사를 준비하고 있는 아내에게 다가가 귓속말로 물었다.

"여보, 자기가 비밀번호를 알려 주었나?"

"뜬금없이 비밀번호라니?"

아내의 눈이 휘둥그레해졌다.

"현관문을 열고 어머니가 오셨어."

"……."

아내는 큰 충격을 받은 듯 얼굴이 새하얘지더니 무너지듯 부엌 바닥에 주저앉았다. 그런 뒤 고개를 숙이고 긴 한숨을 뱉어내었다. 나는 생각했다. 어머니는 아내에게 그런 존재였을까. 하긴 고부 사이가 좋은 경우가 있을까? 그중에서도 어머니는 며느리에게 최악의 시어머니였다. 완고하고 고집불통이었으며 차르 같은 독재자였다.

"괜찮아?"

"알면서 그러네. 괜찮을 리가 있어?"

우리가 대화를 나누는 사이 어느새 어머니는 중문을 열고 거실에 들어와 있었다. 언제나 그랬듯, 꼿꼿이 선 채 아내가 설거지를 하는 부엌 쪽을 바라보았다. 달그락거리며 조금 전까지 들리던 그릇 씻는 소리가 멈췄다. 아내는 개수대 방향에 면한 작은 창문을 열었다. 마치 그 창문으로 48킬로의 가녀린 몸을 집어넣어 바깥으로 탈출할 것처럼. 하지만 우리 집은 11층이었다. 추락사를 하지 않으려면 창문 밖으로 몸을 내밀지 않아야 한다. 아니, 내가 착각했다. 뒤쪽 창문 밖에는 세탁기와 수도, 그릇장이 있는 발코니가 있었다. 그렇다면 아내는 숨으려고 부엌 창문을 연 것일까. 숨을 수 있을까. 내가 그런 말도 안 되는 상상을 할 동안 어머니는 어느새 거실과 부엌을 가르는, 원목으로 만든 문 앞에 다가와 있었다. 어머니는 신발을 신고 있었다. 당신은 신발을 신고 거실을 지나 부엌 쪽으로 걸어오신 것이다. 손에는 작은 가방을 들고 있었다.

"상현아, 어미다."

"어, 어머니 여, 여긴… 웬일이세요?"

나는 말을 더듬었다. 어머니는 우리들 앞에 나타나서는 안 되는 사람이었다. 아니, 우리와는 같은 땅을 밟고, 같은 하늘 아래 있어서는 절대 안 되는데, 어머니는 아들네 집을 방문한 것처럼 떡 하니 내 앞에 서 있었다. 무엇인가 말하려는 듯 입술을 달싹거렸다.

나는 그때서야 어머니와 마주했고 그녀를 일별했다. 어머니는 조금도 변하지 않았다. 많은 부분이 그대로였다. 하지만 많은 부분이 20년 전과 달라져 있었다. 20년 전과 한 가지 달라진 것은 다변가—한번 입을 열면 최소 2시간을 말하곤 했다—인 당신의 말수가 줄어들었다는 것이었다. 나는 다행이라고 생각했다.

"여보, 나와 봐. 어머니가 오셨어!"

아내는 뒤를 돌아보지 않았다. 내 목소리는 물을 틀어 놓고 설거지를 하는 소리에 묻힌 듯했다. 세제를 묻혀 그릇을 닦는지 그릇들이 부딪히는 소리가 났다. 이상한 것은 어머니가 아내의 그런 모습을 보고도 화를 내거나 소리를 지르지 않는 것이었다. 20년 전 같으면 어림반품어치도 없는 일이었다.

어머니의 얼굴은 백지장처럼 하얬고, 희노애락은 이제 자신과 상관없다는 표정으로 나무토막처럼 무표정했다. 그랬다. 내가 기억하는 한 어머니는 내가 명문대학교에 합격할 때를 제외하고 한 번도 웃지 않았다. 다섯 살 꼬맹이 때부터 28살 결혼할 때까지 단 한 번도. 왜 어머니는 웃지 않았을까. 웃을 일이 없기도 했겠지만—아버지와의 불화 때문에—아마도 타고난 성품도 영향을 미쳤을 것 같다. 어머니가 웃지 않은 것에는 내가 모르는 엄청난 비밀이 숨겨져 있을지도 모른다. 당신은 하루, 일주일 한 달, 일 년 동안 그리고 20년 동안 아버지를 원망하는 레퍼토리를 반복해서 틀었다. 당신은 다섯 살의 나를 품 안에 꼭 안고서 아버지에 대한 원망과 푸념을 하루 종일 늘어놓았다. 곧 죽을 표정을 짓다가도 그런 말을 할 때는 어디서 그런 힘이 나는지 아들인 나는 이해하지 못했다. 이해한다면 그게 더 이상했을 것이다. 당신의 이마는 늘 흰 수건으로 동여매 있었는데, 두통 때문인지 고열 때문인지는 모르겠다. 이유를 알기에는 내가 너무 어렸고 내가 성인이 되었을 때는 이마에 두른 수건을 보지 못했으니… 당연했다.

집안일은 대개 어머니 대신 첫째 누나가 맡아서 처리했다. 나는 8남매 중 일곱 째였고 얼굴이 펑퍼짐한 큰 누이는 시골에서 올라온 식모처럼 식사, 설거지, 청소 등 집안일을 도맡아 했다.

어머니가 현관문을 열고 들어와 한 말은 "상현아, 어미다."라는 말이 유일했다. 왜 어머니는 달라졌을까.

그 짧은 말은 내가 어머니를 어머니라고 여기지 않을 만큼 이상하고 낯설었는데 내 마음 속에서 수많은 질문이 떠올랐고, 그 질문은 쉽게 사라지지 않았다. 왜 어머니는 달라졌을까. 20년 전에 어머니는 죽었는데. 손등에 소름이 오소소 돋았다. 손등에 돋은 소름은 팔다리를 거쳐 온몸으로 퍼져 나갔다.

설거지에 미친 사람처럼 아내는 여전히 설거지에 몰두하고 있었고 한 번도 고개를 돌리거나 뒤돌아보지 않았다. 처음에는 화가 났지만 어머니의 이상한 모습을 보며 나는 오히려 다행이라고 생각했다. 그리고 잠시 뒤 아내의 설거지가 끝난 것을 알려 주듯, 개수대에서 물소리가 들리지 않았다. 설거지가 끝났나? 자연스럽게 내 시선은 그녀에게로 향했다. 아내는 찬장에 차곡차곡 그릇을 얹었다. 자리가 비좁은 칸은 그릇을 색깔,

크기, 모양별로 겹쳐서 해결했다. 그래도 들어가지 않는 몇 개의 큰 그릇은 허리를 굽혀 바닥에 내려놓았다. 아내가 몸을 돌려 처음으로 나에게 말했다. 어머니가 바로 앞—1미터 앞—에 서 있는데 아내는 아무 것도 보지 않은 것처럼 말했고 행동했다.

"버릴 거야."

"아깝잖아."

"아깝다고 쌓아 두면 집이 쓰레기장이 될 거야."

아이를 타이르듯 핀잔을 주며 아내는 나에게 눈을 흘겼다. 나는 머쓱해져서 헛기침을 했다.

"당신은 그게 문제야."

"뭐가?"

"버리기를 힘들어하는 것."

그릇 몇 개 때문에 그날 밤 우리는 언쟁을 했다. 나는 리모컨으로 티브이 볼륨을 최대로 틀어 놓았다. 부부 싸움으로 이웃집에 피해를 주면 안된다는 것이 내 생각이었다. 내 생각이 결국은 가망 없는 바람에 불과했지만 그렇게라도 해야 마음이 편해지니 어쩔 수 없었다. 내일 아침에 옆집이나 위아래 층 사람을 엘리베이터에서 만날지도 모를 일이었다. 성격상 나는 죄를 지은 사람처럼 그들 앞에서 고개를 숙이거나 엘리베이터를 타지 않고 헉헉거리며 계단을 통해 1층까지 걸어 내려갈 것이 분명했다. 11층에서 1층까지 걸어 내려가는데 힘을 다 쏟고 나면 아파트 지하주차장까지 걸어갈 힘이 없을 것이었다. 그래서 나는 어머니 이야기를 안 하기로 했다. 보이지 않는—아내의 눈에만—어머니를 두고 말다툼을 벌이다가 이혼까지 갈지도 모를 일이었다. "당신 망상장애 아니야?" 하면서 아내는 나를 몰아붙일 것이 뻔했고 이쯤 되면 "내가 정신이상자란 말이야?" 라고 되받으며 나도 참지 않을 것이다.

*

대학교 1학년 시절의 이야기다.

내가 페인트가 군데군데 벗겨진 대문을 열고 들어서자 작약꽃 향기가 물씬 풍겨 왔다. 어제 집을 나설 때만 해도 봉오리였는데, 하룻밤 사이에 꽃잎을 터뜨렸다. 열어 놓은 안방 창문으로 어머니가 이불을 머리끝까지 끌어올리는 것이 보였다. 창문 밖을 응시하고 있던 당신은 대문 소리가 나자 빛의 속도로 몸을 눕히고 이불 안에서 이불 끝을 그러쥐었을 것이다. 내가 그 순간을 놓쳤다면 안방 이불이 무엇을 품고 있는지… 알 수 없었다. 50대 중반 여자의 가녀린 몸뚱어리가 숨소리도 내지 않고 이불 속에 동그마니 파묻혀 있었다.

내키지 않았지만 나는 이 사태를 해결하기 위해 이불 앞에 꿇어앉았다.

"어머니 화 푸세요. 제가 잘못했어요."

어머니는 꿈쩍도 하지 않았다. 오히려 이불 끝자락을 더 안쪽으로 끌어당겼다. 이불 끝을 두고 나와 어머니의 밀당이 시작되었다. 내가 이불 안으로 손을 집어넣으면 어머니의 손이 이불 끝자락을 잡고 더 안으로 끌어당겼다. 그러기를 몇 차례, 마침내 내 손이 어머니의 힘을 이기고 이불 안으로 미끄러져 들어갔다.

내 손이 어머니의 젖가슴에 닿았다 어머니는 아무 반응을 보이지 않았다. 나는 다음 순서를 외우고 있었다. 나는 어머니의 홑적삼 속으로 손을 집어넣어 젖가슴을 만졌다. 그리고 머리를 적삼 속으로 집어넣어 아기처럼 어머니의 젖을 먹는 시늉을 했다. 홑적삼 속에 감춰진 어머니의 젖가슴은 크고 처녀처럼 탱탱했다. 어머니가 몸을 꿈틀거렸다. 조금 놀라는 눈치였다. 놀란 척해 주었을 지도 모른다. 열아홉 살이나 된 고3 아들이 어머니의 젖을 만지다니… 하지만 어머니의 화를 풀기 위해선 이 방법밖에 없었다. 내가 계속 젖꼭지를 어루만지자 어머니가 못 이기는 척하며 이불을 활짝 걷어 젖히고 일어나 앉았다. 눈에는 노기가 탱탱했다. 노기를 부풀리기 위해 눈꺼풀을 밀어올리고 일부러 눈알에 힘을 주고 있는 것처럼 보였다.

"내가 너 하나 믿고 여태 죽을 목숨 구차하게 이어 가는데…네가 이 어미한테 어떻게?"

"어머니, 저는 남자잖아요. 그런 이야기는 여자인 누나나 진희한테 해야 공감을 받을 거예요."

"아니다. 그년들은 시집가면 남이니 여자는 다 헛것이다. 아들아, 너는 내 남편이자 내 딸이고 내 아들이다. 네 애비는 나를 속였고 이제 나한텐 너뿐이다. 가슴에 맺혀 있는 이 애미의 한을 풀어 다오."

"판수 형도 있잖아요!"

나와 판수 형은 일란성 쌍둥이었다. 가족 외에는 우리 두 사람을 구분하기 어려울 정도로 똑같이 생겼다. 판수가 나보다 2분 일찍 태어나 형이 되었다. 나는 얄팍한 얼굴이고, 판수는 체격이 단단하고 어깨가 딱 벌어졌으며 다부졌다. 판수는 폭력세계에 몸을 담았고 나는 공부를 잘했다.

조금씩 어머니는 머리맡에 놓인 밥상에 앉은걸음으로 다가앉았다. 고개를 숙여 미나리 무침에 밥을 비벼 한술, 한술 천천히 드셨다. 됐다! 내 얼굴이 편안해지는 순간이었다.

학교에 갔던 여동생 진희가 밤 9시에 피곤한 얼굴로 귀가했다. 나와 한 살 터울인 진희는 고등학교 3학년이었다. 누나보다 순했고 책 읽기를 좋아하고 착한 성격이었다. 내가 옆에 없을 때 어머니는 나에게 했던 것처럼 피해자 코스프레를 하며 진희를 괴롭히곤 했다. 나와 달리 아버지 이야기가 나오면 진희는 같은 여자로서 동병상련을 느끼는 것 같았다.

"엄마, 마당에 있는 저 작약들은 누가 심어 놓았어? 아까 집에 들어올 때 보니까 참 예쁘고 향기도 진하데."

"누군 누구겠어? 네 애비지. 철도청에서 잘린 것도 모자라 사업한답시고 재산까지 말아먹은 뒤 그 인간이 꽃 심고 가꾸는 일밖에 하는 일이 무엇이냐?"

아버지는 대구 철도청 선로반에 근무했다. 사회주의 계열인 '전평*'의 대구시 지부장이었다. 당신은 해방 다음해인 1946년 대구 10.1 사건 때 시민들과 식량 배급을 요구하며 시위를 벌리다 철도청에서 잘렸다. 그 후로 얼음공장, 연탄공장 등에 손을 대셨는데 하는 일마다 쫄딱 망했다. 빚쟁이들이 집으로 매일 몰려와 난리를 피웠고 아버지는 고향의 토지를 처분하여 빚을 갚았다. 그때부터 가세가 기울고 밥도 못 먹을 만큼 급격

* 조선노동조합전국평의회.

히 가난해지기 시작했다. 좁고 초라한 집이긴 해도 그때 살고 있던 집은 명의 이전을 이모부 앞으로 해 놓은 덕분에 건질 수 있었다.

"그때 내가 이 집을 너의 이모부 앞으로 해 놓았길 망정이지, 나 없었으면 이 집도 없어."

어머니는 자신의 신세한탄 끝에는 반드시 이 이야기를 무용담처럼 끄집어냈다. 어머니는 한번 입을 열면 상대가 진저리칠 때까지 말을 그치지 않았다. 당신의 넋두리와 한탄은 밥도 그른 채 다음 날 아침까지 잠도 자지 않고 계속 되기도 했다. 어머니가 늘어놓는 넋두리의 강물은 아무리 퍼내도 마르기는커녕 오히려 퍼낸 양의 몇 배쯤 수위가 높아졌다. 자식이 몇 살인지도 분별하지 않았다. 내가 아장아장 걷기 시작할 무렵부터 대학생인 지금까지 어머니의 레퍼토리는 토씨 한 자 틀리지 않고 반복되었다. 이상하게 어머니는 판수 형에게는 아무 말도 하지 않았다. 내 멘탈이 강해서 정신병에 걸리지 않은 것이 그나마 다행이었다. 누나와 진희는 나를 보면 이런 말을 곧잘 잘했다.

"엄마한테는 오빠밖에 없으니 나중에 엄마한테 정말 잘해야 해."

"혁수는 나중에 결혼해서 어머니에게 잘하지 않으면 천벌을 받는다. 판수처럼 깡패 짓 하면 절대 안 된다."

진희와 누나도 어머니의 반복된 학습에 세뇌되었던 것이다. 어머니는 이런 식으로 자식들의 정신세계를 지배했다. 우리는 모두 피지배자들이었고 예외가 있다면 판수 형—형이라 부르고 싶지 않지만—이었다. 형은 고등학교 때 엇나가기 시작해 폭력세계에 발을 들여놓았다. 수시로 감옥을 들락거리며 사고 수습이라는 명목으로 집에서 돈을 갈취해 가곤 했다. 그때마다 집안은 아수라장이 되었다. 평소 절대로 목소리를 높인 적이 없는 아버지의 고함이 터져 나오고 어머니는 그런 아버지에게 울고불고 하며 형을 옹호하곤 했다. 나는 집안을 고함소리와 눈물바다로 만드는 판수를 끔찍이 싫어했다. 어쩌다 형과 마주치면 입에 자물쇠를 채웠다. 눈도 마주치지 않고 말을 섞지도 않았다.

판수와 달리 내 체격은 자그마하지만 눈매가 매섭고 무도武道로 다져진 단단한 몸집을 가지고 있었다. 판수는 제대 후 하릴 없이 놀다가 힘들게 빠져나온 옛날의 폭력세계로 되돌아갔다. 교도소를 들락거렸고 집에는 다시 큰소리와 눈물이 마를 날이 없었다. 나는 판수를 증오하기에 이르렀다.

(나는 절대 형처럼 안 살 거야.)

내가 다닌 고등학교는 지방 명문학교로 한해에만 SKY대학에 150명 넘게 진학시켰다. 전교 3등인 나 역시 명문대에 입학했고 집안의 자랑거리가 되었다.

대학 1학년 겨울방학 때 나는 집에 내려와 있었다. 일요일이었다. 아침을 먹고 시립도서관에 가려는데 진희가 울먹이며 다가왔다. 눈과 코끝이 발갰다.

"오빠!"

"얘가 아침부터 울고, 왜 무슨 일 있어?"

"……."

"말해 봐."

"……. 됐어."

진희는 해서는 안 될 비밀을 감추려는 듯 말을 아꼈다. 여동생의 알 듯 말 듯한 태도가 내 궁금증을 폭발시켰다. 영리한 진희는 이것을 노리고 말을 아꼈는지도 모른다.

"오빠 성격 알지? 어서 말해 봐."

내가 다그쳤다.

"……. 정말 말하면 안 되는데."

"어서!"

진희는 안 되는데 하면서도 끝내 입을 열었다. 그즈음 아버지는 지붕 고치는 일을 다니셨는데 아침 9시에 아랫동네 집주인이 부탁한 집의 기와를 수리하려고 지붕 위에 올라갔다. 그게 사달이 난 모양이었다. 술에 취해 새벽에 들어온, 그 집에 세 들어 사는 건달이 잠을 깨웠다며 아버지를 두드려 팼다. 진희의 말을 빌면 옷이 다 찢어지고 입술이 터지고 허리를 밟혀 끙끙 앓으신다고 했다. 진희는 아는데 왜 나만 몰랐을까. 어머니가 아무도 들어오지 말라고 했는데 진희가 열린 문틈으로 몰래 보고 들었다고 했다. 어머니가 오빠에게는 절대 알려서는 안 된다고 아버지에게 신신당부하는 소리도 들었다는 것이다. 진희는 너무 분하고 억울해서 혼자 고민하다가 혼날 각오를 하고 오빠에게 알려 주는 것이니 작은 오빠가 한번 건달에게 따져 보라고 했다. 동생은 아버지가 너무 불쌍하다며 눈물 콧물 범벅이 되었다.

"오빠, 그 건달 엄청 잔인한 자로 이 일대에 소문이 나 있는데… 제대로 따질 사람은 오빠밖에 없어."

나는 아무런 대답도 하지 않았다.

"……."

"작은 오빠……."

"그자는 옛날부터 극악무도한 깡패로 소문이 나 있는데 내가 뭘 어쩌라고. 나 도서관에 간다."

"오빠, 이 판국에."

진희는 다그치는 듯한 소리로 나를 불렀고, 실망스러운 표정을 지었다.

대문을 열고 나온 나는 도서관을 포기하고 그길로 아랫동네 건달에게 달려갔다. 오전 10시, 대문은 열려 있었다. 나는 대청마루 밑에서 "여기 좀 나와 보세요."라고 외쳤다. 건달의 부인인 듯한 여자가 "밖에 누가 왔어요." 하며 남편을 깨우는 소리가 들렸다.

"어떤 놈이 아침부터 날 찾아?"

엄청난 덩치의 사내가 입에서 술 냄새를 풍기며 방문을 열고 나왔다. 그는 나를 보자마자 고함부터 질렀다. 내 몸이 움찔했다. 나는 열려 있는 부엌의 부뚜막에 놓인 나무도마를 유심히 바라보다가 눈길을 돌려 그 사내를 노려보았다.

"이 자식, 넌 뭐야?"

사내가 마루 끝으로 걸어 나오자 엄청난 무게 때문에 마루가 울렸다. 그는 나를 내려 보더니 가소롭다는 웃음을 흘렸다.

"이 새끼가!"

"아저씨가 아버지를 때렸습니까?"

"오, 그 영감탱이 아들이구나. 그래. 때렸다! 아침부터 시끄럽게 해 잠이 깼잖아."

사내는 주먹을 둥글게 말아 손목을 돌렸다. 한번 맞아 보겠느냐는 폭력의 시그널을 주고 있었다. 나는 공포와 분함 때문에 살이 떨렸다.

"집주인이 비가 샌다며 빨리 수리를 해 달라고 했잖아요."

"뭐야, 이 어린놈의 새끼가 감히 내게 따지고 드는 것이야!"

나는 사내의 엄포에 주눅이 들기는커녕 오른발을 마루 위에 올렸다. "이 어린놈의 새끼가!" 사내가 오른 손으로 내 멱살을 움켜쥐고 마루 밑으로 밀어붙였다. 사내의 괴력에 내 몸뚱어리가 휘청거리며 뒤로 나자빠질 상황이었다. 순간 내 오른팔이 사내의 옷깃을 잡고 그의 미는 힘을 역으로 이용하여 마루 밑으로 끌어당겼다. 어어, 하며 사내가 마루 밑으로 나뒹굴었다.

　"이 새끼, 나이 많은 노인을 두들겨 팼으니 너도 한번 맞아봐라."

　내가 눈에 힘을 주고 사내를 내려다보았다. 쓰러진 사내를 일으켜 세우고 명치에 주먹을 꽂았다. 헉! 남자는 비명도 제대로 지르지 못한 채 배를 움켜쥐고 꼬꾸라졌다. 그는 두 손으로 배를 움켜쥔 채 과장스럽게 데굴데굴 굴렀다. 순식간에 구경꾼들이 몰려들었다. 그 틈 어디에선가 카메라 셔터를 누르는 소리가 들렸다. 사람들이 웅성웅성했다.

　"저러다 사람 죽이겠네."

　"어린 건달이 큰 건달보다 주먹이 세네."

　"보기는 약하게 생겼는데 화가 나니 정말 무섭네."

　나는 졸지에 건달이 되었다. 동네 남자들과 여자들이 쓰러진 사내와 내 얼굴을 번갈아 보며 한마디씩 했다. 이왕 이렇게 된 거, 사내가 두 번 다시 사람을 괴롭히지 못하도록 이번 참에 혼구멍을 내 주려고 마음먹었다. 내가 쓰러진 사내의 배를 걷어차기 위해 오른발을 들어 올리려는 순간이었다.

　"그만 됐다."

　구경꾼들 맨 뒷줄에서 모기 소리만 한 작고 떨리는 소리가 들렸다. 아버지였다. 진희는 구경꾼처럼 아버지 옆에 서 있었다. 아버지는 사내의 주먹에 얻어맞은 망가진 얼굴을 감추려는 듯 하얀 마스크를 쓰고 있었다. 돌아오는 내내 우리 세 사람은 말이 없었다.

이튿날 오후 경찰서에서 전화가 왔다. 어제 일로 형사계에 오후 3시까지 출두하라고 했다. 경찰의 설명에 의하면 내가 건달의 배를 주먹으로 치는 것과 그 자가 땅에 쓰러진 장면을 카메라로 찍은 것은 그의 아내였다. 건달의 아내는 그 사진을 증거로 경찰에 나를 고발했다. 전치 6주의 진단서도 함께 제출했다. 조짐이 좋지 않았다.

"이 인간아! 당신이 나 하나로도 모자라 자식의 창창한 미래를 망쳐 놓았다."

아버지가 어머니한테 호되게 당하고 있었다. 자식을 잡아먹은 인간이라며 길길이 날뛰었다. 사건을 알려준 것은 진희였는데 어머니는 애먼 아버지만 잡고 있었다. 아버지는 어떤 변명도 하지 않고 묵묵히 어머니의 고함 소리를 듣고 있었다. 어머니의 다그침에 당신은 늘 그런 식이었다. 어머니의 걱정도 괜한 것이 아니었다. "경찰서에는 판수를 보내요!" 사법고시를 준비하는, 명문대생인 나로서 어머니의 말은 솔깃한 제안이었다. 판수 형이야 이미 폭력전과 4범이니 별 하나 더 단다고 사는 데 지장이 없다. 하지만 나는 달랐다. 별을 달면 인생을 종친다.

"어머니, 저야 원래 건달이니까 제가 혁수 대신 처벌을 받을 게요. 얼굴이 똑같으니 아무도 모를 거예요."

형이 불쑥 나섰다.

"네가 왜 나서?"

나는 고함을 질렀다. 그리고 자존심이 상했지만 그 후엔 가만히 있었다. 판수는 경찰 조사를 받고 '폭력행위 등 처벌에 관한 법률위반 죄'로 검찰에 송치되었다. 검찰이 징역형을 구형하고 재판에서 실형이 선고될 것이다. 내가 조사를 받았다면 내 인생도 끝났을 것이다. 아버지의 돈 봉투를 받은 검찰 수사관은 피해자에게 합의서를 받아 오라고 했다. 합의서가 있어야 정상참작이 가능하다고.

나에게 얻어맞은 그 사내는 아버지와 어머니가 울며불며 합의를 해 달라고 해도 요지부동이었다. 사내의 처는 이런 말도 했다. "내 남편이 누군지 알아? 남편을 이 지경으로 만든 이놈을 내 반드시 징역 살릴 거야."라고 협박했다. 여자의 태도로 봐서 구경꾼들을 구워삶아 증인으로 내세울 터였다. 상황이 이 지경이니 판수가 나 대신 징역형을 살 확률이 매우 높았다.

"한숨만 쉬지 말고 건달을 다시 만나 봐요."

어머니가 아버지에게 경어를 사용한 것은 처음이었다.

"……."

"판수에게 부탁해! 깡패는 깡패끼리 통해."

나는 형이 내 문제에 개입하는 것이 싫었다. 하지만 어머니는 건달인 판수 형이 나에게 맞은 사내의 합의를 받아내는 데 도움이 될지도 모른다고 생각한 것 같았다. 폭력조직 행동대장인 판수는 아버지를 구타한 건달이 지금은 은퇴했지만 과거 이웃한 폭력조직의 두목이 틀림없다고 생각하는 것 같았다.

*

아버지는 어떤 사람일까. 늘 어머니에게 일방적으로 당하기만 하던 아버지. 세월이 흐르면서 나는 알게 되었다.

아버지는 1946년 민중봉기인 〈대구 10.1 사건〉 때 쌀 배급을 늘려 달라는 시위 군중이 아니었다. 어머니가 말해 준 시위대에 합세한 대구 철도청의 '전평' 소속 노조원은 더 더욱 아니었다. 10월 1일, 아버지는 여자와 어린아이까지 합세한 군중들을 향해 발포한 경찰관이었다. 경찰의 발포로 시민 두 명이 죽었고 시위는 전국으로 퍼져 나갔다. 윗선의 꼬리자르기로 아버지는 경찰에서 해직되었고, 그 후로 아무 일도 안 하고 평생을 놀고먹으며 보냈다.

2010년 3월, 진실화해 위원회에서 〈대구 10.1 사건〉에 대해 국가의 책임을 인정하고 위령사업을 진행하라고 했으며, 유족들에게 사과해야 한다는 결정을 내렸다. 2016년 8월 대구시 의회가 대구 10월 항쟁 등 한국전쟁 전후 민간인 희생자 위령사업 등에 대한 조례를 제정하면서 '10월 사건'을 '10월 항쟁'이라고 공식화했다. 곰곰 생각해 보니 아버지는 10월 1일이 가까워지면 그 며칠 전부터 술에 취해 살았다.

*

어머니는 아무 말 없이 부엌 앞에 서 있었다. 개수구의 구멍을 향해 물이 쏟아지던 소리가 멈췄다. 막 설거지를 끝낸 아내가 수도꼭지를 잠글 모양이었다. 설거지를 끝내고도 행주로 그릇을 닦느라 그녀는 한참 동안 뒤를 돌아보지 않았다.

"여보, 어머니가 오셨어."

"장난하지 마!"

아내의 목소리가 칼끝처럼 뾰족했다. 어깨가 두어 번 움찔 한 것만 보였지만 목소리 음색만으로도 화가 나 있다는 것을 알 수 있었다.

"장난 아닌데…."

"그만 해! 그런 이야기로 장난할 기분 아니거든."

"장난… 아닌데."

"정말 보자보자 하니까!"

그 순간 아내가 소리를 꽥 지르면서 몸을 돌려 세웠다. 어머니와 얼굴이 마주쳤다. 어머니는 나무토막처럼 무표정했다. 그런 표정 때문인지 아내의 얼굴이 해쓱해졌다. 어머니가 얼음 빙판 위를 미끄러지듯, 내게 한 걸음 다가왔다. 그리고 속삭이듯 물었다.

"여기가 혁수 집인가?"

"예, 어머니 저예요. 여긴 어쩐 일이세요?"

내 목소리가 떨렸다. 어머니가 내 집에 올 이유가 없었다. 20년 전에 죽은 어머니. 염할 때와 장지에 하관할 때 내 눈으로 똑똑히 보았던 어머니의 죽은 몸과 오동나무 관. 어떻게 이런 일이 가능한지 나는 어머니의 손을 잡음으로서 그 실체를 확인해 보려고 했다. 당신의 손은 살아 있는 사람의 그것처럼, 따뜻한 온기가 내 손에 전해졌다. 말소리에 내 쪽으로 고개를 돌린 아내는 너무 놀라운 현실—죽은 시어머니가 살아 돌아온 장면—에 입을 벌린 채 아무 말도 못했다. 나는 어머니에게 의자나 소파에 앉으라는 말을 못했다. 나 역시 아내와 별반 다르지 않게 놀라서 무슨 말을 하기 위해 입을 뗄 수 없었다. 어머니를 처음 본 순간부터 볼에 이빨 자국이 날 만큼 위아래 어금니를 꽉 다물고 있었다.

어머니는 20년 전 복통으로 병원에 입원할 때와 비슷한 얼굴을 하고 있었다. 가벼운 병이라고 생각했는데 입원한 다음다음날 예순 둘에 패혈증으로 죽은 어머니. 명백한 의료사고였지만 우리 형제자매 중 그 누구도 병원에 책임을 물어야 한다고 하는 사람은 없었다. 드러내 놓고 말을 하지 않았지만 어머니의 죽음은 울고 싶은데 뺨을 때려 주거나 앓던 이가 빠진 것이나 마찬가지였을 것이다. 그런 생각이 들만큼 여러 가지 사건 사고로 어머니는 며느리와 자식들을 힘들게 하고 있었다. 담당 의사는 어머니의 죽음을 문제 삼지 말아 달라고 부탁했다. 복통환자에게 어떤 치료를 했기에 패혈증으로 죽게 했냐는 내 다그침에 그는 고개를 떨군 채 금방이라도 눈물이 쏟아질 것 같은 얼굴로 입을 다물었다. 어머니가 죽은 날 오후였다.

"배가 아프고 소화가 안 돼서 입원했는데 어떻게 패혈증으로 죽을 수 있습니까? 의료사고 아닙니까? 진료기록 보여 주십시오."

"사실 저도 잘 모르겠습니다. 링거액과 소화제 처방 말고는 어떤 것도 하지 않았습니다. 미, 믿어 주십시오."

손가락을 머리칼 속으로 집어넣어 한 줌을 잡아 뜯는 듯하더니 켕기는 것이 있는 듯, 의사는 말을 더듬었다.

"사실은 저, 저도 왜 이런 일이 일어났는지 모르겠습니다. 의사 생활 10년 동안."

의사는 미괄식으로 말했다. 그는 계속해서 말을 더듬었다. 그때쯤 나는 의사가 어쩌면 말더듬이가 아닐까 생각했다.

말더듬은 특정 소리나 음절을 빠른 속도로 반복하거나 지연하는 증상이 나타나는 언어 장애를 의미하는데 사람마다 정도의 차이는 있으나, 일상 대화 중간에 말을 더듬는 일은 흔하게 발생한다. 말더듬은 다양한 양상으로 나타나는데, 반복적인 음을 연속해서 말하거나, 말하는 도중에 말이 비정상적으로 끊기는 등의 모습이 나타난다. 의사는 미, 밀 혹은 저, 저도처럼 한 문장을 말하기 전 반복적인 음을 연속해서 말했다. 형과 동생 진희는 반대했지만 나는 가족을 대표해서 의사에게 걱정하지 말라고 말했다. 그는 내 말을 듣고 원무과 옆 대리석 바닥에 무릎을 꿇더니 내 다리를 붙잡고 감사하다고 반복해서 말했다. 그렇게 어머니의 죽음은 일단락됐다.

*

내가 말했다.

"어머니 여긴 웬일이세요?"

나는 어머니가 우리 집에 다니러 온 것처럼 물었다. 내 물음에 당신도 오른 손에 든 가방을 내려놓으며 아파트 내부를 휘휘 둘러보았다. 어머니가 대뜸 물었다.

"방이 몇 개냐?"

"3개요."

대답을 하면서 나는 조금 심각해졌다. 어머니가 우리 집에 머물면 어떻게 하나라는 걱정이 들었다. 내가 거짓말을 한 건 그것 때문일까. 사실은 방이 4개였다. 우리 가족이 사는 아파트 평수는 48평이었고 안방과 서재, 아들과 딸 방 등 2개가 중문을 지나 나란히 붙어 있었다. 최근에 교체한, 천장에 달린 LED 등의 눈부신 불빛을 받은 어머니의 얼굴의 한쪽은 환했고 나머지 절반은 검은 물감을 칠한 듯 어두컴컴했다. 나는 어머니와 대

각선 방향으로 서 있었다. 그 방향에 방금 그릇을 닦은 행주로 손을 닦으며 아내가 우리가 나누는 대화를 듣고 있는 것처럼 보였다. 그녀는 우리―어머니와 나―가 나누는 한 번의 대화가 끝나면 보일락 말락 고개를 끄덕이거나 그건 안 되는데라고 말하는 것처럼, 머리를 살짝 좌우로 흔들었다.

"어머니, 당신은 돌아가셨잖아요? 제가 입관까지 했고 장지에서 하관하는 것까지 봤는데…."

"그랬나? 아― 그랬구나."

"20년 전이에요!"

"20년이나 되었니?"

"예. 오늘이 어머니가 돌아가신 날이에요. 그땐 눈이 펑펑 내렸지요."

"첫눈이었지?"

"예. 평년보다 일주일 빠른 눈이 내렸지요."

"경비들이 눈 치우느라 힘들었겠구나?"

"각 동에 남자 5명이 차출되어 눈 치우는 것을 도왔지요."

"잘했다. 폭설이 내렸으니 어쩔 수 없겠지."

어머니는 당신이 마치 폭설을 뚫고 내 집에 온 것처럼 말했다.

"TV 방송에서 이번 눈이 습설濕雪*이라고 했어요. 일반 눈의 5배 무게라 비닐하우스가 무너지는 등 농촌의 피해가 많다고 했어요."

"습설이 뭐냐?"

어머니는 문맹자였다. 당신은 그것을 부끄러워하면서 평생을 살았다.

---

* 물기를 많이 머금어 잘 뭉쳐지고 무거운 눈.

아버지가 글을 가르쳐 준다고 해 놓고 약속을 안 지켰다며 생전에 원망을 하곤 했다. 은행에 가서 돈을 찾거나 예금할 때도 청원경찰에게 다가가 안경을 안 가져왔다고 거짓말을 했다. 청원경찰이 어머니가 글을 모르는 여자라는 것을 알았는지 당사자가 아닌 한 그건 알 도리가 없다. 안경을 안 가져왔다며 입출금 용지에 글을 써 달라는 부탁을 할 때 어머니가 어떤 표정을 지었는지는 알 수 없었다. 글을 모르는 것을 들킬까 마음은 조마조마했을 것이고 당신의 얼굴은 벌겋게 달아올라 화끈거렸을 것으로 짐작된다. 그때마다 약속을 안 지킨 아버지에 대한 원망이 당신의 목구멍을 타고 올라오는 것을 간신히 참았으리.

그때 어머니가 갑자기 팔을 뻗어 내 손을 잡으려 했다. 죽은 사람의 손! 나는 슬그머니 두 손을 바지 호주머니에 찔러 넣었다. 어머니의 팔이 허공에서 멈췄다.

"혁수야, 내가 이 집에 있으려 하는데 방 하나 다오."

나는 더 이상 거짓말을 할 수 없었다. 어머니가 집을 휘휘 둘러보면 금방 탄로 날 거짓말이었기에.

"어머니 언제까지 우리 집에 계시려고요?"

"내가 불편하니? 나는 밥을 안 먹는데."

"누나 집이나 진희 집이 더 편할 수도 있어 여쭤 본 거예요."

"그랬구나. 착한 네가 나한테 그럴 수는 없겠지."

"어머니, 그럼 한 달만 우리 집에서 지내세요. 더 이상은 안 돼요."

"한 달, 한 달이라고 했니?"

가녀린 어머니의 어깨가 움찔하더니 분노하는 듯 나를 노려보았다. 섭섭했던 것일까?

"딸 희라가 수험생이라 어쩔 수 없어요."

"희라가 네 딸이냐?"

"예, 어머니 손녀예요."

그 말끝에 갑자기 어머니가 나에게서 등을 돌려 현관문 쪽으로 천천히 한발을 내디뎠다. 그리고 돌아선 채로 말했다.

"상현아, 네 집에 머물려고 했는데 방이 부족해서 안 되겠구나."《끝》

트라이 투 리멤버

위암 3기 선고를 받던 날, 선우태수는 항암치료를 받으라는 의사의 말을 거부했다. 위암 3기는 암이 위벽을 뚫고 주변 조직이나 림프절로 퍼진 상태다. 진료실을 나와 그는 1층에 멈춰 서 있는 승강기를 타지 않았다. 의사에게 항암치료는 받지 않겠다는 뜻을 밝혔지만 그 뜻을 생각할 시간이 필요했다. 그는 터벅터벅 주차장 계단을 내려와 B2 H-13이라고 쓰인 기둥 옆에 세워 놓은 차 문을 열고 들어갔다. 위 내시경 검사 결과를 보러 올 때와 같은 속도로 집을 향해 차를 몰았다.

20분 전쯤, 의사가 말했다.

"환자분 같은, 3기 위암의 5년 생존율은 평균 60% 정도입니다."

5년? 그것도 60%? 항암치료를 받아도 열 명 중에 4명은 5년도 못 산다는 말이 아닌가.

태수는 막 일흔을 넘겼다. 요즘 들어 '백세 시대'라는 말이 유행이지만 몰골이 추해지고 골골거리며 돈에 쪼들리고, 자식 눈치 보며 100세 안팎까지 산다는 것은… 형벌이다. 인간이 인간다움과 인간으로서 최소한의 존엄을 지키며 살 수 있는 자연수명은 75세 전후다. 그의 평소 생각이었다.

태수는 30여 년간의 직장생활을 정년퇴직 한 후 살던 아파트를 전세 주고 시골에 땅을 샀다. 퇴직하자 살던 아파트를 전세 주고 3일 동안 아내에게 무릎을 꿇고 허락을 받았다. 그리고 시골에 땅을 사고 2층 목구조 주택을 지었다. 땅 구조가 동서로 긴 직사각형이라 동쪽을 향해 건축물을 올리고 나면 앞마당이 반듯할 터였다.

그는 대학 영문과를 다닐 때 문청文靑이었다. 신춘문예 소설로 등단했지만 군대 가고 복학하니 취직을 해야 했고 연인 사이던 지금의 아내와 결혼했다. 그 순간 소설은 블랙홀 속으로 빨려 들어갔다. 가장 노릇하고 승진과 보직 등 직장생활에 매달려 자신이 신춘문예로 등단한 소설가라는 사실조차 잊어버렸다.

밤 9시에 자고 새벽 5시쯤에 일어나는 그는 동쪽에 면한 통 유리창을 통해 매일 일출을 보게 될 거라는 기대에 부풀었다. 모든 것이 뜻대로 됐다. 대문 앞 얕은 동산에 소나무 군락지가 있는데 아침마다 태양이 소나무 가지 사이에서 떠올라 마당을 황금빛으로 물들였다. 그때쯤 태수가 담배에 불을 붙이며 오늘은 뭘 할까 계획했고, 담배를 비벼 끌 즈음엔 어김없이 대문 옆에 매 둔 개가 짖곤 했다. 윗집에 사는 60대 후반의 여자—2년 전 췌장암으로 남편이 죽었다.—가 팔을 앞뒤로 흔들며 산책을 나가는데 대문 앞 도로를 통과하면 개가 죽어라 짖어 댔다. 그렇게 하루가 시작되었다.

남자가 나이 들면 3대 로망이 있다 했다. 첫째는 서울에서 멀지 않은 곳에 전원주택을 가지는 것, 둘째 악기를 하나 정도 다룰 줄 아는 것, 셋째 애인 한 명쯤 사귀는 것이란다. 태수는 그중 첫째를 이루고 두 번째 로망을 위해 색소폰 동호회에 다녔다. 초등교사로 퇴직 한 후 지금은 숲 해설가로 활동하는 마누라가 무서워, 세 번째 로망—첫 번째 로망과 바뀐 듯—인 '애인 한 명쯤 사귀는 것'은 엄두조차 내지 못했다.

태수가 암환자가 되어서야 알게 되었다. 식생활의 변화로 암이 흔해져 열 집 걸러 한 집 꼴로 암 환자가 있다는 것을. 그들은 항암 치료의 부작용을 겪으며 완치에 대한 희망으로 고통을 참아낸다는 것을.

항암치료는 통증, 구역질과 구토, 탈모, 피로감, 설사, 변비, 생식 기능 장애 등을 겪어내야 했다. 일흔의 나이라 탈모, 생식 기능 장애는 상관없지만 통증, 구역질과 구토, 피로감, 설사, 변비 등, 그 밖의 부작용은 모두 고통이었다. 제기랄! 완치도 아니고, 60%의 확률로 겨우 5년 더 살겠다고? 그는 항암 치료의 끔찍한 고통을 받아들일 마음이 없었다.

*

태수는 2남 1녀를 모두 출가시키고 시골 주택에서 아내와 둘이 살았다. 그는 총각 때부터 애견인이었다. 마당 있는 집으로 이사 오자마자 강아지 2마리를 길렀다. 수컷 진돗개와 암컷 풍산개 새끼였다. 진돗개는 차를 몰고 진도 섬까지 가서 사 왔다. 왕복 800km 가까이 되는 먼 거리에다 10시간이 더 걸렸는데 새벽에 출발하여 어두워져서야 라면박스에 오물을 토한, 귀가 막 서기 시작한 황구 새끼 한 마리를 들고 돌아왔다. 태생적으로 개를 싫어하는 아내가 미쳤다, 미쳤다, 했다. 1달 뒤에는 안성 〈풍산개 마을〉에 가서 암컷 새끼를 또 사 왔다. 아내가 이혼이라도 불사할 듯, 극렬하게 반대했지만 고집을 꺾지 않았다. 2년이 지나 또 1마리가 늘어났다. 황구의 목줄이 풀렸고 태수가 꼬리를 맞대고 있는 두 마리를 발견했을 땐 늦었다. 두 달 뒤 풍산개에게 사료를 주려 하는데 평소와 달리 집 밖으로 나오지 않았다. 평소에는 사료 통에서 사료를 푸는 소리만 들어도 꼬리를 흔들며 짖었는데 집 안에서 꼼짝도 하지 않았다. 비스듬하게 누워 있어 아픈가 싶어 속을 들여다보았는데 뭔가 개의 배 쪽에서 꼬물거리고 있었다. 낳은 지 이틀쯤 돼 보이는 진돗개*풍산개 하이브리드(통일견?) 새끼 4마리였다. 아내의 화난 얼굴이 떠올랐다. 조금 전 아내는 마트에 다녀온다 했다. 아내가 귀가하기 전 뭔가 조치를 취해야 했다. 조치를 취해야 한다는 생각은 무의미했다. 뾰족한 방법이 없었다. 새끼 네 마리를 종량제 봉투에 넣어 차 트렁크에 싣고 쓰레기장에 갖다 버리는 것 외에. 하지만 생명체를 그렇게 할 순 없었다. 태수는 마당 뒤편의 창고를 뒤졌다. 뽀얀 먼지를 뒤집어 쓴 고무 대야를 철제 선반에서 내렸다. 본래의 고동색이 나올 때까지 걸레로 닦았다. 4마리의 꼬물이를 대야에 담아 2층으로 올라갔고 화장실 욕조에 넣었다. 폭이 딱 맞았다. 풍산개 암컷 이름은 '행복'이었다. 평생을 목줄에 묶여 살아야 하는 그 개가 행복할까. 택배 차량 때문에 낮에는 택배 차량이나 방문객 때문에 대문을 열어 놓아야 하지만 밤에 대문을 걸어 잠그면 목줄을 풀어 주자고 간청했지만 아내는 안 된다고 거절했다. 그래 놓고 '행복'이라는 개 이름은 아내가 지었다.

  문제는 젖이었다. 갓 태어난 새끼는 생존을 위한 젖 먹기 외에 엄마 개의 아늑한 품이 필요했다. 인간이나 동물이나 마찬가지다. 젖 먹을 시간마다 마당에 묶인 개를 풀어 아내 몰래 이층 욕조로 데려와 새끼에게 젖을 물리기는 불가능했다. 세 마리는 인터넷에 사진을 올려 무료 분양했지만 한 마리는 기르기로 결심했다. 아내에게 한 대 맞자! 그녀는 너무 기가 찬 듯 한숨을 내쉬기만 할 뿐 폭력을 쓰진 않았다. 그렇게 기르는 개가 세 마리가 되었다. 하이브리드견은 대문에 매어 놓고 나머지 두 마리는 뒷마당에서 길렀다. 아내의 명령으로 풍산개 암컷은 중성화 수술을 시켰다. 50만 원 들었다. 태수는 개 3마리를 기르면서부터 매사 아내에게 고분고분했다.

그해 겨울이 되면서부터 그는 속이 더부룩하고 소화가 안 됐다. 동네 병원에 가서 증상을 설명하니 의사가 처방전을 써 줬고 협업 약국에서 약을 타 가지고 왔다. 태어나 처음으로 시간 지켜 꼬박꼬박 약을 먹었지만 차도가 없었다. 동네병원 의사는 태수의 말을 듣더니 십이지장 궤양일지 모르니 종합병원에 가서 내시경 검사를 받아 보라고 했다. 의사가 시키는 대로 했다. 종합병원에서 내시경 검사를 받았는데, 왠지 느낌이 좋지 않았다. 그리고 예감대로 위암 진단이 내려졌다. 그것도 5년 생존율이 50%라는 3기였다. 처음에는 그냥 멍한 기분이었다. 태수는 의사의 진단을 듣는 순간 그의 반들반들한 구두 앞 축을 내려 보고 있었다. 아무 생각 없이 불멍을 때리는 것처럼 보였다.

'생명을 가지고 태어난 것들은 다 죽는다.' 그런 생각을 하는데 눈시울이 뜨뜻해져서 재빨리 손으로 훔쳤다.

아내는 태수가 위 내시경 검사를 받은 것을 알고 있었다.

그녀가 물었다.

"결과 나왔어?"

"위염이 심한가 봐."

태수는 위암 3기라는 말을 하지 않았다.

"위염이 심하면 위암으로 발전한다니 방심하지 마!"

아내는 평소 병 치료에 둔감한 그를 걱정했다.

"치료할게. 걱정하지 마."

아내 경순은 남편의 낯빛이 어두운 듯해서 위염에 대한 의사 처방에 대해 좀 더 물어볼까, 하는데 그가 재빠르게 서재가 있는 2층으로 올라갔다.

*

태수는 2층 서재에 딸린 침대에 누웠다. 위암 3기 환자의 고통은 어떤 것일까. 항암 치료의 부작용이 아니라도 위암 자체의 고통도 있을 텐데, 두려움이 밀려왔다. 내가 잘못한 걸까. 항암 치료를 받아야 하나? 술이 당겼다. 위암 진단을 받은 날 술이라니, 미쳤다 싶었다. 발코니 문을 열고 담배 연기를 내뿜었다. 바람이 서재 쪽을 향하고 있어 연기는 발코니 부근에서 둥글게 합쳐졌다. 태수는 서재에서 책을 읽을 때 JBL GO3 블루투스 스피커로 볼륨을 한껏 높여 놓고 음악 듣기를 좋아했다. 그가 즐겨 듣는 곡은 에레네스토 코르트 자르, 조지윈스턴의 피아노 곡, 익스피어런스, 엘튼 존의 굿바이 옐로브릭 로드, 브라더스 포의 곡들, 이글스의 호텔 캘리포니아, 스콜피온의 할리데이, 그리고 홍콩배우 여명黎明이 부른 '트라이 투 리멤버' 등인데 그 곡들 중 그때그때마다 무작위로 들었다.

태수가 방금 '멜론' 사이트에서 누른 곡은 여명黎明의 '트라이 투 리멤버'였다.

Try to remember the kind of September

9월 같은 때를 기억해 보세요

When life was slow and oh, so mellow

삶이 느긋하고 오 아주 풍요로웠던 때를

Try to remember the kind of September

9월 같은 때를 기억해 보세요

When grass was green and grain was yellow

잔디는 푸르고 낟알은 노랗던 때를

Try to remember the kind of September

9월 같은 때를 기억해 보세요

When you were a tender and callow fellow

당신이 연약하고 풋내기 젊은이였을 때

Try to remember and if you remember

기억해 보세요, 기억이 나면

Then follow, follow

그러면 기억을 따라가 보세요

　　위암 3기 통보를 받은 탓인지 그 노래를 듣자 평소와 달리 복잡한 감정
에 휩싸였다. 항암치료와 치료 거부, 그 두 가지 중 후자를 선택한 데 대
한 여러 가지 감정이 복잡하게 뒤섞였다. 일흔, 지나간 시간들을 떠오르
며 아쉬움과 후회가 들었다. 삶을 되돌아보니, 더 열심히 살지 못한 것에
대한 미련이 들기도 했다. 다가올 불확실한 미래―죽음―에 대한 불안감
과 두려움도 있었다. 누군가 항암치료를 강하게 밀어붙인다면 그때도 자
신이 선택한 결정을 번복할까, 하는 생각도 들었다. 그리고 발코니 밖으
로 뿜어낸 담배 연기가 맞바람과 합쳐져 부메랑으로 그의 얼굴에 부딪혔
다. 그때였다. 뿌연 연기 속에 유령처럼, 한 여자가 떠올랐다.

　　홍장미!

결혼 후 처음이자 마지막으로 연애 감정을 느끼게 만든 여자.

　　그녀는 태수가 15년 전 발목 골절 사고로 입원한 병원에서 환자와 자원 봉사자로 처음 만났다. 아내는 직장에 다니고 있어 낮 시간대에 간병을 못했다. 간병인도 구하기 힘들어 간호사에게 부탁해 화장실을 다니곤 했다. 마침 그녀가 자원봉사자로 병원에 왔고 간호사의 권유로 태수를 돌보게 되었다. 그녀가 하는 봉사는 휠체어를 끌고 화장실에 데려다주고 이따금 말동무를 해 주는 것이 전부였다. 처음 장미는 일주일에 두 번 병원에 왔다. 봉사 단체 규칙이었다. 두 달이 지나자 일주일에 네 번 왔다. 봉사일이 없는 날 개인적으로 온 것이다. 이런저런 대화를 나누다 그녀가 문학소녀였다는 것을 알게 되었다. 사춘기에 여자는 누구나 문학소녀가 된다. 20대 대학시절, 태수는 문청文靑이었다. 대부분의 사춘기 여자가 겪는 문학소녀와 문학을 평생 직업으로 삼기로 한 문학청년은 다르지만, 공통점은 있었다. 책 읽기를 좋아한다는 것인데, 두 사람은 책 이야기를 하며 웃고 슬퍼하고 공통된 감정을 느꼈다. 어떤 책에 대해 동일한 느낌을 가질 땐 한 몸이 된 듯 했고 둘 다 기뻐했다.

　　태수는 오른쪽 발목이 부러져 수술을 하고 철심으로 고정해 놓은 상태인데 깁스까지 했다. 생리현상으로 어쩔 수없이 화장실에 가야 하는 경우 외에 옴짝달싹 못 했다. 그녀의 부축을 받으며 침상에서 내려오고, 떨리는 손으로 휠체어 손잡이를 잡고 엉덩이를 밀어 넣으면 장미가 화장실까지 데려다줬다. 그리고 태수가 나올 때까지 밖에서 기다렸다. 돈을 주고 고용한 간병인도 아닌데, 그때마다 미안했다. 그렇다고 순수 봉사자에게 돈을 줄 수도 없고, 태수는 아내를 닦달했다. 빨리 간병인을 구하라고! 하지만 그가 입원했을 때 명절이 끼어 있어 간병인을 구할 수 없었다.

그러는 사이 두 사람에게 이상한 감정이 생겼다. 태수는 장미가 오는 시간을 기다려졌고 그녀가 간병봉사를 마치고 돌아가면 마음이 허전했다. 그녀의 얼굴이 밤새 눈앞에서 어른거렸다. 장미가 오지 않은 사흘은 잠도 오지 않았다. 그때마다 그는 침상에 누워 팔이 저릴 정도로 소설책을 읽으며 밤을 새웠다. 다음날 장미가 와서 이런 말을 하곤 했다.

　"어제 무슨 안 좋은 일이 있었어요?"

　"아니오. 안 좋은 일은 무슨?"

　"하루 사이에 얼굴이 반쪽 됐네."

　태수는 그녀의 얼굴을 외면하며 돌아누웠다. 그리고 돌아누운 채로 말했다.

　"어제 당신이 안 와서…."

　말을 해 놓고 쑥스러워 눈을 감았다.

　"……."

　"내가 보고 싶었나요?"

　"……."

　"당신이 너무 보고 싶어서 잠을 못 잤어요."라는 말이 혀끝에서 맴돌다가 침을 삼키자 도로 들어갔다. 장미의 부드러운 손이 태수 얼굴을 자기 쪽으로 돌렸다. 그리고, 그리고… 살포시 태수의 볼에 입술을 맞췄다. 그의 심장이 멈췄다. 숨을 쉬기 힘들었다.

　"어린애 같아."

　"미안해요."

　"괜찮아, 내 애기."

　장미는 적극적인 성격이었다. 자기감정에 솔직했고 태수에게 좋은 감정을 갖고 있다는 것을 가벼운 스킨십으로 표현했다. 손을 잡는다든지, 볼을 쓰다듬어 주었다. 그런 행동은 오랜 세월 동안 아내와 살면서 한 번도 경험해 보지 못한 것이었고 단 한 번도 느껴 본 적이 없는, 설렘, 두근거림, 얼굴 화끈거림, 충만함, 행복감이었다. 태수는 그녀의 행동에 '딱, 여기까지야.'하고 마음 속 선을 그었다. 그때마다 장미는 그의 마음을 알아채기라도 하듯 이렇게 말했다.

"지금까지 태수 씨가 먼저 손 잡아 준 적이 없네."

"난, 유부남이오. 당신은 결혼했어요?"

태수가 물으면, "그런 바보 같은 질문을? 이 나이까지 독신이겠어요? 이런 미모로." 하며 농담으로 되받았다.

태수와 장미는 12년 나이 차이가 났다. 5년 전 그때 태수는 55세, 장미는 43세였다. 둘 다 처와 남편이 있는 상태, 육체적인 관계가 없는 플라토닉 러브였다. 그것도 불륜이었을까. 지금 태수가 일흔이 되었으니 그녀는 50대 중반일 것이다. 세월은 애기화살처럼 빨랐다.

그녀를 생각하면 빌려준 책을 돌려주지 않은 여자, 라는 생각이 떠올랐다. '모니카 마론'의 《슬픈 짐승》이었다.

태수가 읽어 본 소설 내용을 리뷰하면 이랬다.

중년의 나이에 짧은 기간 동안 섬광 같은 사랑을 나눈 이후, 수십 년의 세월을 그 사랑만을 추억하며 살다 육체와 정신의 모든 부분이 슬픔에 점령당해 식민지가 돼 버린 한 여자(animal triste)의 이야기다. 집착이라는 소름 돋는 단어를 사용해도 무방할 만큼 그녀는 평생을 과거의 연인 프란츠와의 기억 속에서 살아간다.

태수에게 이 소설이 처절한 슬픔으로 다가오는 이유는 여주인공 '이자벨'과 연인 '프란츠'가 각각 가정을 가진 상태에서 만나는 은밀한 관계였고, 장미와 그의 관계와 같았기 때문일 수 있었다. 소설 속 그들의 만남과 헤어짐이 동독과 서독으로 나눠진 독일, 그 '기이한 시대'를 거치며 일어났기 때문이다. '모니카 마론'은 한 평범한 서독 출신의 남자와 한 평범한 동독 출신의 여자를 주인공으로 등장시키며 그 시대가 남긴 흔적과 상처를 평범한 사랑과 집착, 불안과 기다림, 그리고 슬픔이라는 단어로 응축해 냈다. 동독과 서독, 두 개로 나누어진 독일, 그 역사가 결국 스며드는 곳도 바로 우리네 평범한 일상임을 증명해 보이려는 듯.

　태수는 꽤 괜찮은 책이라는 생각에 장미에게 한번 읽어 보라고 빌려줬다. 장미는 이별 선물이라도 되듯, 두 사람이 헤어질 때까지 그 책을 반납하지 않았다. 그녀는 도서관으로 치면 블랙리스트 고객이었다.

*

　두 사람은 태수가 퇴원한 뒤 밖에서 만나기 시작했다. 두 사람이 만나는 이유가 조금 달랐다. 태수가 장미를 만나는 것은 여자로서보다 입원기간 자신을 도와준 봉사자에 대한 고마움이 컸다. 그 마음은 얼마 지나지 않아 사랑하는 감정으로 바뀌었지만. 장미는 처음부터 태수를 한 남자로 만났다. 두 번째 만나는 날, 이태리 음식점에서 파스타로 점심을 먹고 스타벅스 2층 매장에서 커피를 마셨다. 태수는 '아메리카노' 그녀는 '모카'를 시켰다. 장미는 홀짝거리며 모카를 조금씩 마셨다. 한 번 마실 때마다 꽃무늬가 새겨진 손수건으로 입 주위를 닦았다. 이층 유리창 밑 왕복

4차선 도로에는 차와 사람들이 바쁘게 움직였다. 다들 어디로 가는 걸까. 깜빡이도 켜지 않고 추월하는 흰색 벤츠는 약속시간에 늦어 추월하는 걸까. 가족 중 누가 사고를 당해 달려가는 걸까. 커피를 반쯤 남기고 두 사람은 태수의 차에 올라탔다. 흐린 날이었다. 11월 늦가을이라 4시 30분밖에 안됐는데 벌써 주위가 어둑어둑해지고 있었다. 그는 목적지도 정하지 않은 채 차를 몰고 서해고속도로로 진입했다. 낙조가 아름답고 하루에 두 번 모세의 기적처럼 신비의 바닷길이 열리는 무창포가 생각났다. 몇 년 전 친구들과 와 본 적이 있어서 무창포 등대도 보고 싶었다. 3시간을 달려 무창포 포구에 도착했다. 점심 때 파스타를 남긴 탓인지 배가 출출했다. 저녁을 먹으러 해수욕장 인근 음식점으로 들어갔다. 칼국수 전문점인데 면발이 쫄깃해 맛 소문을 탄 곳이었다. 칼국수 두 그릇을 시켰다. 태수가 간장종지에 와사비를 풀었다. 장미가 신기한 듯 그의 행동을 지켜보았다. 한동안 말이 끊어졌다. 하얀 부직포 위생 모자를 쓴 주인 여자가 칼국수가 담긴 전골냄비를 가스 불에 놓고 스위치를 켰다. 탁, 하며 파란 불꽃이 냄비 밑바닥 밖으로 퍼져 나와 손잡이에 닿을락 말락 했다. 여자가 불을 줄였다. 칼국수는 금방 비등점을 지나 끓어올랐다. 주방에서 어느 정도 끓여서 가져온 듯했다. 하얀 김이 피어올라 마주 앉은 두 사람의 얼굴을 가렸다. 막 끓은 국수는 뜨거웠다. 태수가 칼국수 면발을 젓가락으로 돌돌 말아 장미에게 건넸다. 그녀는 행복한 표정으로 입을 벌리고 받아먹었다. 식사를 하는 동안 그런 행동이 반복됐다. 둘 다 먹는 것 외에 입을 열지 않았다. 한 시간 후에 음식점에서 나와 등대 반대쪽으로 차를 몰았다. 어느 지점에 이르러 태수는 차를 세웠다. 불빛이 없고 외길이었다. 도로 끝 부분에 마을이 있는 것 같았다. 차를 세우자마자 반대편에서 헤드라이트를 켠 경차 한 대가 조용히, 천천히 미끄러져 왔다. 시골 도로에 다행이 '갓길'이 있었다. 태수는 그 차가 지나갈 수 있도록 길 가장 자리에 최대한 붙여 주었다. 경차는 지그재그로 태수의 차를 비껴갔다. 그 차는 고맙다는 표시로 비상깜빡이를 세 번 켰다. 다시 적막이 찾아왔다. 태수는 운전대를 쥐고 있고 조수석 장미는 차 앞 유리창을 응시했다. 차를 세운 뒤 10분이 지나갔다.

태수가 먼저 말을 했다.

"장미 씨."

"예?"

"우리가 계속 만나면 난 당신을 요구할 건데…."

그녀는 태수의 말을 알아들었다.

"저를 가지겠다는 말인지요?"

태수는 식은땀을 흘렸다. 남녀가 좋아하면 몸을 합쳐야 한다는 자신의 말이 부끄러웠다. 오늘 전화를 걸어 먼저 만나자고 말한 사람은 장미였다. 그는 차 안의 어둠을 간신히 버티고 있었다. 왜 만나자고 했을까. 내가 보고 싶어서? 그건 아닌 것 같았다.

손톱을 잘근잘근 씹으며 장미가 말했다.

"오늘이 마지막인 것 같네요."

"……."

"그동안 행복했어요. 처음 느껴 본 이상야릇한 감정이었어요."

"각자 가정이 있으니… 그래야 할 것 같군요. 당신 말, 알아들었어요."

장미는 맞는 말을 했다. 더 이상은 위험하다. 장미를 좋아한다면 그녀의 가정에 문제가 생기게 해서는 안 된다. 그것이 좋아하는 여자에 대한 남자의 예의다. 태수는 담배에 불을 붙인 후 차문을 열고 나갔다. 그녀 옷에 담배 냄새가 배지 않기 위한 배려였다. 단풍철이 지난 11월의 바깥은 쌀쌀했다. 곧 잎이 지고 첫눈이 내릴 것이다.

갑자기 속이 쓰리고 구토를 할 것 같았다. 최근 들어 자주 속이 더부룩하며 소화가 안 됐다. 담배를 피우다 말고 차 안으로 들어갔다. 장미는 그 자세 그대로 있었다. 태수는 콘솔박스를 열고 구강청결제로 입 안을 헹군 뒤 차창을 열고 뱉어냈다. 아내의 타박 때문에 사 둔 것이다. 그는 가글을 평소보다 여러 번 했다. 태수는 차 안 어둠 속에서 한 여자의 얼굴을 더듬어 찾아냈다. 그리고 양 볼에 손을 얹고 자기 쪽으로 돌렸다. 장미는 그가 하는 대로 내버려두었다. 태수 코 점막에 여자의 향긋한 냄새가 훅 하고 달라붙었다. 두 사람의 입술이 부드럽게 닿았고 여자는 처음에는 놀란 듯 했지만, 이내 키스에 응했다.

남자는 여자의 입술을 부드럽게 애무했다. 여자는 남자의 키스에 숨을 거칠게 몰아쉬었다. 두 사람의 가슴은 두근거리고, 몸은 뜨거워졌다.

태수의 혀가 그녀의 입 안으로 뱀처럼 미끄러져 들어갔고, 먹이처럼 장미는 그의 혀를 삼켰다. 그리고 오랫동안 서로의 혀 안에서 두 마리 뱀이 뒤섞여 서로를 휘감고 휘감긴 몸을 빠져나오고 물어뜯으며 싸웠다. 뱀은 혀고랑, 혀뿌리, 혀 뒤쪽 힘줄을 기어 다니며 몸부림쳤다.

혀에 침이 가득 고였다. 두 사람은 서로의 침을 빨아 먹었다. 장미의 침은 지하 100미터 이상의 깊은 곳에서 뽑아 올린 지하수 맛이었다. 달고 따뜻했다. 그것은 태수의 타는 갈증을 식혀주었다. 미네랄이 듬뿍 녹아든 샘물 같았다. 20분쯤 서로의 혀와 이빨, 잇몸, 입천장을 탐했고, 그리고 태수가 그녀의 얼굴에서 떨어졌다. 장미는 큰 죄를 지은 듯 고개를 숙인 채 좌석 바닥을 내려다볼 뿐 한참 동안 그대로 있었다. 그가 말했다.

"미안해요. 하지만 사랑해요. 그래서 당신을 놓아 주겠소."

"미안해하지 마요. 제가 원한 걸요. 이제 제가 당신을 놓지 않겠어요."

눈이 어둠에 적응하자 차 앞 유리창 멀리 반딧불이같이 희미한 불빛들이 보였다. 해수욕장으로 개발되기 전부터 살았던 원주민 집일 터였다.

태수는 차 안 램프를 누르고 그녀의 눈을 바라보았다. 맑고 그윽한 눈, 이 밤이 지나면 다시는 보지 못할 눈이었다. 두 사람은 서로를 사랑했지만, 가정이 있는 신분과 사회적인 편견 때문에 사랑을 감추어야 했고 그 사랑이 아무리 강철고리처럼 단단하게 묶여 있다 해도 끊어야 했다. 그들의 사랑은 비밀스럽고 숨겨진 것이었다. 그럼에도 불구하고, 그들의 사랑은 깊고 진실했다. 태수는 그녀를 집 근방에 데려주기 전 마지막으로 그녀와 술 한잔하고 싶었지만 이내 마음을 접었다. 알코올이 들어가면 구질구질해질 것 같았다. 끝은 간단할수록 좋다. 이유가 무엇이든지 끝이므로. 연인 사이의 이별은 누구에게나 힘든 일이다. 태수가 이별을 결심했더라도, 술을 마시면 이성적인 판단이 어려워지고, 장미에게 상처를 주는 말이나 행동을 할 수 있다. 술에 취하면 이별의 감정이 복잡해지고, 이별을 받아들이기가 더 어려워질 수 있다. 장미의 침울한 표정을 보며 태수는 그렇게 생각했다. 장미의 집 부근에 차를 세웠다. 그녀가 차에서 내리며 이런 말을 했다.

"선생님, 저 이제 전화번호 바꿀게요."

그는 이유를 묻지 않고 가속페달을 밟았다. 룸미러를 통해 본 그녀는 점점 작아지더니 까만 점처럼 되었다가 완전히 사라졌다. 이제 홍장미라는 이름은, 봄이 오고 라일락꽃이 피고 집 뒤편 밤나무 숲에 낙엽이 지고 첫눈이 내리면서 이별의 상처위에 진통제처럼 더께로 내려앉을 것이다.

*

　태수가 위암 3기 진단을 받은 뒤 4년 반이 지났다. 그 4년 반 동안 그는 면도칼이 위벽을 베는 듯한 고통을 느꼈다. 아내는 항암치료를 받으라고 매일 닦달했지만 뜻을 굽히지 않았다. 결혼한 아들과 딸까지 서울에서 내려와 설득했지만 소용없었다. 이유는 알 수 없지만 가족이 보기엔 그는 애써 죽음을 기다리는 사람 같았다. 태수는 5년 더 살기 위해 항암치료를 받을 생각이 없었다. 그의 나이 74세, 의사의 말대로라면 여명이 6개월 남았다. 그래도 아버지보다 한 살 더 살았다. 그것만으로 충분했다. 아버지 나이보다 먼저 죽는다는 것을 불효라고 여길 만큼 그는 보수적인 남자였다. 아버지 선우창렬은 73세까지 살다가 심장마비로 돌아가셨다. 당시는 문맹인 어머니는 물론이고 가족 누구도 만성 폐쇄성 폐질환으로 인한 심장마비라는 것을 알지 못했다. 만성 폐쇄성 폐질환(COPD)은 폐에서 나오는 기류가 막히는 만성 염증성 폐질환인데, 호흡곤란, 기침, 점액(가래) 생성 및 쌕쌕거림이 주된 증상이다. 아버지의 증세가 꼭 그랬다. 담배를 피울 때마다 곧 숨을 거둘 것처럼 기침을 해댔고 그때마다 휴대용 흡입기를 사용했다. 눈썰미가 좋은 태수는 아버지가 흡입기를 사용하는 것을 지켜봤다.
　기침을 감당하지 못하면 당신은 흡입기의 뚜껑을 열고 3~4회 흔든 뒤 천천히 숨을 끝까지 내쉬었다. 흡입구를 입술로 물고, 엄지손가락과 가운데 손가락을 세게 누르면서 천천히, 깊게 숨을 들이마셨다. 그리고 흡입기를 입에서 떼고, 한동안 숨을 멈추었다가 내쉬면 증상이 완화되는 것 같았다. 비참한 삶이었다.

아버지가 폐결핵에 걸렸을 때 어머니는 가족 누구도 아버지 곁에 얼씬도 못 하게 했다. 당신도 딴 방을 썼다. 설거지를 할 때 누이는 짜증을 냈다. 아버지가 사용한 그릇을 따로 씻어야 했기 때문이다. 어쩌다 같이 씻는 장면이 발견되면 어머니는 회초리로 누이의 종아리를 때렸다.

아버지는 지독한 골초였다. 하루에 두 갑 이상 피웠다. 폐결핵을 앓을 때조차 끊지 못했다. 태수도 아버지를 닮았다. 담배연기를 흡입할 때마다 콜록거렸는데, 그래도 담배를 끊지 않았다.

85kg이던 체중이 60kg으로 줄어들었다. 속 쓰림과 구토 증상이 심해지고 식욕도 떨어졌다. 암환자가 겪어야 하는 고통은 예상했던 대로였다. 특히 복부와 명치 부위 통증이 심했다. 위암이 진행되면서 음식을 소화시키지 못해 구토가 자주 발생했다. 식욕이 떨어지고, 죽음을 앞둔 사람에게 찾아오는 불청객인 극도의 피로감과 우울감이 찾아왔다.

태수는 고통을 느낄 때마다 "환자분 같은, 3기 위암의 5년 생존율은 평균 60% 정도입니다."라는 의사의 말이 생각났다. 그것도 적극적으로 항암치료를 받는 경우를 두고 한 말이었다. 의사는 항암치료를 받지 않은 경우 3기 위암의 5년 생존율은 10% 미만이라고 했다. 태수는 항암치료를 받지도 않았는데 진단 후 4년 6개월째 살고 있었다. 기적에 가까웠다. 때로 과학은 믿을 것이 못된다.

태수는 담당 의사를 찾아가 모르핀을 처방해 달라고 했다. 의사는 거절했고, 지금이라도 항암치료를 받으라고 야단쳤다. 그는 완고한 노인이었다. 나쁜 짓만 아니라면 한번 결심한 것은 반드시 행동으로 옮기는 스타일인데, 항암치료 거부에도 마찬가지였다. 태수가 계속 매달리자 결국 의사가 고집을 꺾고 처방전을 써 줬다.

　마약성 진통제인 모르핀은 전쟁과 뗄 수 없다. 2차 세계대전 중엔 공수부대원이나 병사들에겐 한 개씩, 지휘관에겐 2개, 의무병에게는 한 박스(튜브 10개)를 지급하였다. 총상을 입게 되면 기본적으로 지혈대와 함께 한 개씩 투여하였으며 치료가 의미 없는 상황에서는 부상당한 병사의 고통을 덜어 주기 위해 의무병이나 장교 허락을 받고 2개 이상 사용할 수 있었다.

*

　매일매일 진저리치는 고통이 찾아왔다. 태수는 더 이상 고통을 견디기 어려울 때 스스로 모르핀을 주사했다. 효과는 몇 시간에 불과했고 모르핀을 맞기 전보다 더 큰 고통이 그를 짐승처럼 울부짖게 했다. 하지난 이 모든 것은 혼자 2층 서재에 있을 때만이었다. 어쩌다 가족과 함께 할 때 고통이 찾아오면 신음을 내지 않기 위해 혀를 깨물었다. 그때 비명을 지르는 것이다. 그러면 가족은 그가 혀를 깨물어 내지르는 비명으로 알았다. 고통과 혀를 깨무는 강도는 비례했다. 고통이 너무 심하면 입안에 피가 고일 정도로 세게 혀를 깨문 적도 있었다. 그 누구에게도, 아내에게조차 고통을 견디지 못해 비명을 지르는 모습을 보여 주기 싫었다. 태수는 죽음과 맞서 싸우고 있었다. 어차피 인간은 태어나는 순간 죽음을 향해 가는 존재야, 하며 자신을 위로했다. 항암치료 거부에 대한 후회는 없었다. 한 번씩 장미가 꿈속에서 나타나 그의 볼에 입을 맞췄다. 그녀는 어떻게 살고 있을까. 남편과 사이가 좋지 않다고 했는데 이혼한 건 아닐까. 전화를 해 보고 싶지만 그녀는 헤어지는 날 전화번호를 바꾸겠다는 말을 했다. 여러 날 고민 끝에 나온 말일 터였다. 그녀의 자존심을 지켜 주고 싶었다.

*

태수는 위통증이 너무 심해 배를 부여잡고 뒹굴다가 침대 밑으로 굴러떨어졌다. 바닥에 부딪히면서 본능적으로 손을 짚었는데 손목이 삐끗했다. 손목을 위아래로 접거나 돌릴 수 없었다. 손목 통증이 심해 악, 하고 비명을 지르다가 갑자기 소설이 생각났다. 의사가 말해 준, 남은 6개월의 여명 동안 마지막으로 소설을 한 편 쓰고 싶었다. 소설을 써서 친구가 대표로 있는 문예지에 보내고 싶었다. 친구는 그동안 여러 번 소설 좀 보내라고 했지만 소설을 쓰기 싫어 그의 부탁을 들어주지 못했다. 신춘문예 당선 후 S문예지의 원고 청탁으로 중편소설 한편 쓴 것뿐 지금까지 소설을 쓰지 않았다. 왜 소설을 잊고 살았을까. 먹고살기 바빠서일까. 가장노릇에 충실하려면 소설을 쓰면 안 되는 것이었을까.

12월의 마지막 날 새벽 5시, 태수는 아픈 배를 움켜쥐고 서재 책상에 앉았다. 시큰대는 손목을 뻗어 스탠드를 켰다. 그리고 아무런 망설임 없이 소설의 첫 문장을 이렇게 썼다.

장미, 그녀는 내가 이 나이가 될 때까지 만나 본 여자들 중 가장 고왔다.

오래 산 자의 저녁

송태규가 73세가 되었을 때 국내 전체인구는 51,408,155명, 65세 이상 고령 인구는 9,397,055명으로 고령 인구 비율이 18.3%다. 초고령 사회가 되는데 겨우 1.7% 부족하며 1.7%는 873,938명이다. 말하자면 65세 이상 노인 873,938명만 증가하면 '초고령 사회'가 된다는 말이다.

특별한 병이 없다면 그가 생각하는 73세에서 79세는 혼자 힘으로 일어나고 혼자 힘으로 밥을 먹고 혼자 힘으로 마당에서 키우고 있는 진돗개 2마리에게 사료와 물을 주고 똥을 치워 줄 수 있는 나이였다. 송태규는 남은 6년을 어떻게 살다 죽어야 잘 죽었다는 소리를 들을까, 고민했다. 쓸데없는 생각이라고 할 수 있지만 소설을 쓰는 그에게는 중요한 문제였다.

그는 어느 날 엉뚱한 일을 시작했다. 인터넷으로 BO 사이즈 종이 1장을 구입했다. 가로*세로 길이가 1030*1456mm 되는 가장 큰 화선지였다. 그 종이를 4면의 거실 벽 중 가장 큰 벽에 붙이니 벽면 전체를 차지했다. 제일 윗면은 손이 닿지 않았다. 그는 의자에 올라가서 검정 플러스 펜으로 종일 1에서 2,190까지 숫자를 적어 내려갔다. 1년이 365일이니 2,190은 6년을 곱한 날이었다.

그는 사범대학을 나와 중학교 교감으로 퇴직했다. 퇴직 후 살던 아파트를 팔고 땅값이 싼 외진 시골로 이사 왔다. 300평 땅을 구입한 후 퇴직금과 그 땅을 담보로 대출받아 2층 전원주택을 지었다. 건축비를 아끼기 위해 건축회사에 맡기지 않고 소위 '직영'으로 지었다. 설계만 설계사에 맡기고 건축주가 직접 자재를 구매하고 시공업체를 불러 공사하는 것이 직영공사다. 설계도면에서만 벗어나지만 않으면, 건축주 마음대로 건축을 할 수 있다. 단점도 있다. 건축에 따른 안전사고 등 건축주가 모든 책임을 져야 한다. 문제가 발생하지 않으려면 건축주는 시공 업체만큼의 지식을 가지고 있어야 했다.

직장생활 대부분을 교사와 교감으로 근무한 송태규에게 그런 지식이 있을 리 없다. 그는 전원주택 관련 책을 사서 구독했고, "전원주택 직접 짓기" 강의가 있는 곳이면 전국 어디든 찾아가 듣고, 한 달간 현장 체험도 했다. 그렇게 2년에 걸쳐 어느 정도 자신감이 붙자 2층 목구조 전원주택을 지었다. 집짓기 교육을 받은 대로 단열과 결로 방지에 특히 신경을 썼다. 집이 어느 정도 완성되자 마당에는 푸르른 잔디를 깔고 스프링클러 잔디 물 주기 제품도 설치했다.

송태규는 애견가였다. 총각 때부터 아파트 생활을 해서 말티즈, 요크서, 치와와 같은 소형견을 키웠고 그 개들의 임종과 장례까지 치러 줬다. 전원주택이 완성되자 소형견 대신 널찍한 마당에 어울릴 만한 진돗개와 풍산개 새끼를 사 왔다. 손재주가 있는 그는 개집도 직접 만들었다.

송태규는 자신이 지은 그 집에서 늘 혼자였다. 3년 전, 그의 나이 일흔 때 상처했다. 아내가 죽자 결혼한 아들과 딸은 생일과 명절 때도 찾아오지 않았다. 아내는 위암으로 오래 투병하다가 죽었는데 자식들은 마치 책임이 그에게 있는 듯, 오는 듯 안 오는 듯하더니 차츰 발길을 끊었다. 둘 다 30대 중후반이니 한창 개구쟁이 손주 키우고 직장 일에 치일 나이

여서 그렇겠지, 하고 자신을 위로했다.

송태규의 하루하루는 외로움과 치열한 사투였다. 승패는 대략 5:5였다. 외로움에 굴복하는 날에는 혼자 술을 마셨다. 술을 마시며 가수 최성수의 노래 '혼술'을 들었다. 서울에 술을 같이 마셔줄 고교 동창인 무현과 재준이 있지만 시골까지 오라고 하긴 미안했다. 그렇다고 그가 서울까지 가서 술을 마시기엔 음주운전을 할 수 없어 부담이 컸다. 직장에 입사하고 결혼하기 전 20대 시절엔 문청文靑이었던 송태규는 늘 엉뚱한 생각과 그 생각을 글로 옮기기를 좋아했다. 그는 재직 중에도 소설 쓰기를 게을리하지 않았다. 퇴직 후 60대에 단편소설로 신춘문예에 당선됐고 소설집도 한 권 냈다. 60대 노인이 신춘문예에 소설로 당선되자 주변에서 놀라워했다. 그는 꼭 필요한 경우가 아니면 쑥스러워 당선 사실을 숨겼다.

*

2023년 8월 하순, 늦은 아침을 먹고 송태규는 문자를 한 통 받았다. 발신자가 '대한민국 정부'라고 되어 있었다. 폭염과 장마가 계속되고 태풍 '로즈'로 산사태가 일어나 몇몇 마을을 휩쓸고 지나간 직후였다. 그는 안전 관련 문자려니 했다. 그런데 다른 때와 달랐다. 그동안 안전 관련 문자는 그 내용 전부가 네모난 형태로 하얗게 휴대폰 액정 화면에 떠 있었는데 지금은 '대한민국 정부'라는 단어만 떠 있었다. 그는 담배에 불을 붙여 길게 한 모금 빨아들인 후 휴대폰 화면을 열었다. 문자를 읽는 순간, 송태규는 너무 놀라 폐 속으로 빨아들인 담배 연기를 내뿜지도 못한 채로 멍해져 있었다.

1. 제목: 국가 비상사태 선포

2. 발신: 대한민국 정부

2. 수신: 대한민국 국민(한국 국적에 한함)

3. 내용:《저출산 · 고령화 사회》와《인구절벽》관련 국가 비상사태 선포

① 지금 대한민국은《저출산 · 고령화 사회》로 인해 나라의 미래가 암울
한 상태입니다.

② 한국의 지난해 합계출산율은 0.78명으로 일본(1.3명)이나 미국(1.6
명)보다 훨씬 아래이며, 전 세계 236개국 중 꼴찌입니다. 동시에 세
계에서 가장 빨리 고령화가 진행되며 노동가능 인구 감소 등의 문제
가 발생하고 있습니다. 뿐만 아니라 한국의 젊은이들은 천정부지로
치솟은 부동산 가격과 장시간 근로, 경제적 불안감 등으로 압력을
받고 있습니다. 영국 가디언지 또한 "한국은 출산율이 1 미만인 세계
유일의 국가"라며 "세계 최저 출산율과 급속한 고령화로 한국 경제
와 연금 제도에 대한 부담이 커지고 있다."고 했습니다.

③ 오래전 저출산 문제가 지속될 경우 2750년 한국이 소멸 위험에 처
할 수 있다는 경고도 나왔습니다. 세계적인 인구학자 데이비드 콜먼
옥스퍼드대 명예교수는 "인구 감소는 전 세계적인 현상이지만 동아
시아에서 두드러진다며, 이대로라면 한국은 2750년 국가가 소멸할
위험이 있다."고 경고성 발언을 했습니다. 한 학자의 개인적인 예측
이지만 두렵지 않을 수 없습니다.

④ 2022년 한국의 합계출산율이 0.78%로 세계 최하위가 된 데 합당한

이유와 원인이 있겠지만 대통령으로서 다음과 같은 재앙이 한국에 들이닥칠까 우려됩니다.

— 다음 —

▶ 인구 감소: 저출산으로 인해 인구가 감소하면 경제 활동 인구가 줄어들기 때문에 경제 성장에 부정적인 영향을 미칩니다. 여전히 북한과 대치하고 있는 한국으로서 국방력에도 영향을 미칠 수 있습니다.

▶ 노인 복지 비용 증가: 인구 고령화로 인해 노인 인구가 증가하면 노인 복지 비용이 증가하게 됩니다. 이는 국가의 재정 부담을 증가시킬 수 있습니다.

▶ 사회적 문제: 인구 고령화로 인해 노인 인구가 증가하면 사회적 문제가 발생할 수 있습니다. 노인 소외, 고독사, 노인 부양 문제 등이 있습니다.

▶ 경제적 문제: 인구 고령화로 인해 노인 인구가 증가하면 경제적 문제가 발생합니다. 노인들의 소비 감소로 인해 경제 성장이 둔화될 수 있습니다.

▶ 인구의 고령화는 우리나라는 물론 세계의 대다수 국가들에서도 중요한 사회적 이슈로 다루어지고 있습니다. 특히 우리나라는 세계에서 가장 낮은 수준의 출산율, 평균 수명의 꾸준한 연장 등으로 인하여 매우 빠른 속도로 초고령화 사회로 진행하고 있다는 점에서 관심과 우려의 대상이 되고 있습니다. 인구의 고령화가 「국민연금」을 포함한 전체 노후소득보장제도의 재정운영에 부정적인 영향을 미치게

될 어두운 전망입니다. 이에 따라 국민연금의 개혁이 필요합니다. 현재 「국민연금」은 흑자 규모가 매년 축소되어 2041년부터 적자가 발생하며 2055년에는 연금 자체가 고갈될 것으로 예측됩니다. 이에 따라 미래 세대의 부담이 어느 정도 늘어날 수밖엔 없지만, 현세대도 지금보다 적게 받는 등 비용부담을 나누는 방향으로 연금개혁을 해야 한다는 주장에 힘이 쏠리고 있습니다. 이러한 연금개혁을 통해 고령화 시대에도 연금 등 사회보험 제도가 유지될 수 있도록 지속가능성을 확보하는 것이 중요하다고 할 수 있습니다.

● 국민연금은 국가가 운영하는 연금 제도로 국민의 노후 생활을 보장하기 위해 만들어졌습니다. 하지만, 출산율이 감소하고 기대수명이 증가하면서 국민연금을 납부하는 인구는 줄어들고, 연금을 수령하는 인구는 증가하고 있습니다. 이러한 상황에서 국민연금 고갈 문제는 더욱 심각해질 수 있습니다.

이러한 문제를 해결하기 위해서는 출산율을 높이고, 기대수명을 줄이는 등의 노력이 필요하며, 국민연금의 개혁이 필요합니다. 또한, 개인적으로도 노후 준비를 위한 다양한 대책을 마련해야 합니다.

국민 여러분! 《저출산·고령화 사회》는 국가의 미래를 결정하는 중요한 문제이므로, 정부와 국민 모두가 함께 노력하여 해결해야 합니다.

지금 대한민국은 1950년 한국 전쟁 이후 '제2의 한국전쟁'과 같은 위기에 처해 있습니다. 이러한 전쟁에서 승리하기 위해 대통령은 현 시점부터 '국가 비상사태'를 선언합니다.

대통령 ○ ○ ○

송태규는 이 문자를 읽자마자 친구에게 전화를 돌렸다. 서울에 살고 있는 고교 동창인 양무현과 최재준이 한달음에 달려왔다. 둘 다 송태규가 받은 문자와 같은 문자를 받고 어리둥절해 있었다. 국가 비상사태라니! 문자 속 내용과 어마무시한 제목이 합당하지 않아 세 사람은 이 문자의 배경을 두고 의견이 갈렸다. 이럴 땐 술이 필요하다. 세 친구는 큰 소리로 싸우고 그러면서도 서로의 잔이 비기가 바쁘게 술잔을 채우는 등 취할 때까지 술을 마셨다.

'국가 비상사태'는 전쟁과 같은 외적의 침략이나 내란, 대규모 천재지변의 발생으로 국가의 치안 질서가 중대한 위협을 받아 통상적 방법으로는 공공의 안녕질서 유지가 불가능한 상황일 때 대통령이 선포하는 통치행위다.

문자에는 분명히 《저출산·고령화 사회》와 《인구절벽》 관련 국가 비상사태 선포라고 되어 있었다. 《저출산·고령화 사회》와 《인구절벽》이 나라의 미래를 위협하는 중요한 어젠더이긴 하지만, 그렇다고 '국가 비상사태' 선포까지 할 상황이라는 생각은 들지 않았다. 세 친구는 먼동이 틀 때까지 술을 퍼마셨고, 다음날 오후에야 부스스한 머리로 일어나 각자의 집으로 돌아갔다.

　석 달 후 오후 3시에 정부에서 다시 문자가 왔다. 송태규는 눈이 침침해 돋보기를 쓰고 문자를 읽었다. 그는 자신의 눈을 의심했다.

----

　1. 제목: 국가 비상사태 선포 2

　2. 발신: 대한민국 정부

　2. 수신: 대한민국 국민(한국 국적에 한함)

　3. 내용: 국가 비상사태 선포

　국민 여러분, 대통령 ○○○입니다.

　지난여름 정부에서 보낸 문자를 읽고 많이들 놀라셨겠지요. 제목에 '국가 비상사태 선포'라는 용어를 써서 죄송합니다. 현재의 상황에 '국가 비상사태'라는 용어를 사용한 것은 현재 대한민국이 처한 상황이 대통령의 책임과 임무를 수행하는 데 심각한 위협적인 상황이라고 판단했습니다. 국가 비상사태가 전쟁과 같은 외적의 침략이나 내란, 대규모 천재지변의 발생으로 국가의 치안 질서가 중대한 위협을 받았을 때만 발생하는 것이 아닙니다.

　존경하고 사랑하는 국민 여러분!

　저는 대한민국 대통령으로서 이러한 상황이 '국가 비상사태'라는 판단을 내렸습니다. 저와 여당에 대한 지지도, 정권 재창출 등 정치적 잣대

따윈 염두에 두지 않았습니다. 오직 나라의 미래를 위해 이러한 중대 결심을 한 것입니다. 이에 다음과 같은 의제를 국민들에게 묻고자 합니다.

— 다음 —

◆ 출산지원금 및 육아 · 결혼 부문

결혼 여성에 한해 자녀를 출산할 때 1명당 기본지원금 5천만 원을 지급한다.
2자녀부터는 기본액에 3천만 원씩 증액한다.
지원금은 중앙정부와 지방자치단체가 반반 부담한다(단, 재정자립도 30% 이하 도 · 시군구는 7:3으로 한다.)
자녀가 대학에 진학할 때 등록금의 절반을 국가가 지원한다.
자녀가 결혼할 때 2023년 기준 국가가 5천만 원을 지원한다.
충분한 T/O의 유아원 · 유치원을 설립 운영한다.
일반회사 직원이 출산할 때 2년의 '유급 육아 휴직'을 법으로 의무화한다(출산 및 육아 유급 휴직법 제정함)

◆ 고위직과 대통령이 임명하는 직군의 연봉감액 및 보조비 삭감

대상 1
▶ 대통령, 국무총리 부총리 및 감사원장, 장관 및 장관급에 준하는 공무원인사혁신처장, 법제처장, 식품의약품안전처장, 통상교섭본부장

및 과학기술혁신본부장, 차관 및 차관급에 준하는 공무원. 대통령비서실장, 대통령정책실장, 국가안보실장, 국가정보원장, 방송통신위원장, 장관급상당비서관. 국회사무총장, 헌법재판소사무처장, 중앙선거관리위원회상임위원 입법차장, 사무차장, 국회도서관장, 국회의장비서실장, 국회예산정책처장, 국회입법조사처장, 대법원비서실장, 법원공무원교육원장, 사법정책연구원장, 헌법재판소사무차장은 연봉의 2분의 1을 삭감한다.

- 연봉 외 수당도 전액 삭감한다: 1항의 대상자에게 지급되는 연봉 외 가족수당, 자녀학비보조수당, 직급보조비, 정액급식비 등은 지급하지 않는다.

대상 2

▶ 대통령이 임명한 자(약 7,000명 정도)와 특히 공기업 32, 준정부기관 55, 기타공공기관 260 등 총 347개의 공기업 사장과 감사, 기타직의 연봉을 절반 삭감한다.

◆ 야당이 협조하면 국회의원 세비를 현재의 50%로 삭감하고 급여 외 일체의 지원을 하지 않는다(차량 및 운전사 포함)

대통령 ○ ○ ○

정부발發 두 번째 문자를 받던 날 저녁, 송태규와 친구 2명은 그의 집에 다시 모였다. 약속을 하고 만난 것이 아니었다. 녀석들은 전화나 문자도 없이 제집인 양 쳐들어왔다. 마당에 매어둔 진돗개와 풍산개가 죽어라 짖어 대 서재가 있는 2층 창문 밖을 내다보니 차 두 대가 도착해 있었다. 무현과 재준은 집주인인 송태규에게는 아무런 연락도 없이 출발할 때 서로 시간을 맞춘 것 같았다. 그만큼 세 친구는 막역한 사이였다. 그런 일 따위로 서로 마음 상할 일은 없었다. 술 먹고 자고 가기에는 아내와 상처한 뒤 혼자 사는 그의 집이 제일 편했을 것이다. 안주는 서울에서 족발이나 치킨을 사서 비닐 봉투에 담고 술은 송태규의 집 근방 편의점에서 살 수 있었다. 요즈음은 시골이라도 반경 2킬로 내에 편의점 1-2개는 있다.

"야! 연락도 없이 쳐들어오냐?"

양무현을 향해 현관문을 열어 주며 송태규가 웃었다. 무현은 대학을 졸업하고 무역중개대리업인 오퍼상을 차려 50대 중반까지 그럭저럭 평범한 삶을 살아온 친구였다. 60대 중반에 그의 삶에 재앙이 발생했다. 딸 2명을 출가시킨 후 아내가 치매에 걸린 것이다. 무현은 그때부터 술을 많이 마셨다. 원래 술자리에서 소주 한두 잔 정도로 끝내는 친구였는데, 아내가 치매에 걸린 후 마셨다 하면 병나발을 불기 시작했고 자주 취했다. 취하면 울면서 죽고 싶다는 말을 하기도 했다.

"인마, 네 집이 내 집이야!"

"까불면 네 놈을 가택침입으로 고발할 거다!"

그때 재준이 차에서 내리며 아래로 불룩하게 쳐진 검은 비닐봉지를 흔들었다.

"태규야! 이거 장충동 원조 족발이다! 두 시간이나 기다렸어!"

송태규는 적당히 욕을 섞어 지금처럼 친구와 대화할 때 행복했다. 누가 시키지 않아도 욕은 선을 넘지 않는 적당한 수준에서 다들 알아서 조절했다. 이제 고등학생이 아니라 셋 다 70대 노인이었다. 1951년생 토끼띠인 세 친구는 금년에 일흔셋이 되었다. 나이가 드니 대통령이나 장관, 재벌 등 특별한 경우를 빼면 사는 것이 다 고만고만했다. 기쁨과 행복보다 슬픔과 불행을 겪는 것이 더 많았다. 대통령이나 장관, 재벌도 일반적인 노인과 같을지도 몰랐다. 그들의 삶을 살아 보지 않았으니 알 도리가 없었다.

세 친구는 고교 시절 삼총사로 불렸다. 셋이서만 몰려다니고 그들끼리만 당시 청소년 필독서인 「플레이보이」나 「펜트하우스」를 돌려보았다. 대학에 들어가서도 마찬가지였다. 세 녀석 모두 연애에는 소질이 없었는지 돈을 주고 거추장스러운 총각 딱지를 뗐다. 당시에는 아르바이트 같은 것이 없던 시절이어서 돈 모으기가 쉽지 않았다. 공부를 잘해 S대에 진학한 재준은 그래도 태규나 무현에 비해 주머니가 넉넉한 편이었다. 가정교사를 한 덕분이었다. 총각 딱지를 떼는데 드는 돈은 셋이서 공평하게 모았다. 딱지 떼는 순서는 가위바위보를 해서 순서를 정했는데, 무현이 첫 번째였고 재준과 태규가 그 뒤를 이었다. 한 놈이 쭈뼛거리며 그곳에 들어가 일을 치를 동안 두 명은 밖에서 기다렸고 그런 날은 막걸리를 마시고 서로의 경험담을 나누곤 했다. 무현이 그곳에 들어가서 일을 치르는 시간이 제일 길었는데, 녀석은 그 일의 시작과 끝을 무용담처럼 크게 떠벌리곤 했다. 중국집에서 짜장면을 먹으며 태규와 재준은 옆 테이블 손님들 눈치가 보여 안절부절못했다. 두 사람의 표정을 재미있어하며 무현은 일부러 들으라는 듯 더 큰소리로 떠들어댔다. 결국 태규가 양파

조각을 무현의 입안으로 쑤셔 넣어 입을 틀어막는 것으로 무용담을 중지시켰다. 그때 세 사람은 행복했을까.

*

6.25 전쟁이 한창인 1951년에 태어난 세 친구는 직접 전투를 치르지는 않았지만 그래도 '전쟁세대'였다.

세 친구가 당시 명칭인 국민학교(초등학교)에 다닐 땐 학생 수가 많아서 오전과 오후로 나눠 2부제 수업을 했고, 교실이 적어서 3부제 수업까지 한 학교도 있었다. 1951년생인 세 친구는 전쟁이 터진 다음 해에 태어났고, 그해 출생자 수는 67만 5천 명이었다. 한 반의 학생은 무려 80명에서 120명 정도였다. 그런 반이 한 학년에 12반 정도였으니 한 학년 학생 수가 보통 1,000명을 넘겼고 학교 전체 학생 수가 6천 명에서 많게는 만 명이 되는 학교도 있었다.

삼총사 중 송태규는 어릴 때부터 노래를 잘해서 주변에서 가수를 시키라는 말을 많이 들었다. 당시는 가수나 연예인을 '딴따라'라고 부르며 무시하던 시절이었다. 태규의 아버지는 경제활동을 하지 않고 하루 종일 『논어』와 『맹자』를 읽는 한학자여서 가수 말만 나오면 불같이 화를 냈다. 당연히 태규의 가수 진출은 부친에 의해 단칼에 거절당했다. 집안 경제는 어머니가 청과시장에서 과일을 팔아서 겨우 해결했다. 태풍이 지나간 뒤의 낙과나 버려야 하기 직전의 벌레 먹은 사과를 공짜에 가까운 헐값에 싸서 싸게 팔았다. 1960년 한해만도 27번의 태풍이 있었다.

송태규의 국민학교(초등학교) 4학년 시절 때 일화가 있다. 그날 태규는 오전반이었다. 그 당시 태규의 어머니는 과일 장사를 그만두고 동네 구멍가게를 열었다. 차가 드물던 시절이라 여자 혼자 과수원을 돌아다니며 발품을 팔아 낙과나 썩은 과일을 구매해 시장까지 리어카로 실어 나르기가 힘에 부쳤던 탓이다. 태규 아버지는 잘 다려진 한복을 입고서 체통떨어진다며 시장 근처에는 얼씬도 하지 않았다. 그분의 품성이나 인격은 법이 필요 없는 호인에 가까웠지만 부인과 가족 입장에서 보면 자기만 아는 이기적인 남편이고 아버지였다. 태규의 어머니는 그런 남편에게 불평하지 않고 5남매를 키우고 먹여야 하는 어머니 역할에만 몰두했다. 늘 우울한 표정이었고, 무현과 재준은 태규의 집을 들락거리며 그의 어머니가 말하거나 웃는 것을 보지 못했다.

송태규를 모르는 전교생은 없었다. 개교기념일이나 이름 있는 날이 되면 항상 그가 단상에 나와서 독창을 했다. 방송국에 가서 국가 기념일 노래 녹음도 했다. 개천절과 한글날 등 기념일에 라디오를 틀면 어김없이 그가 부르는 노래가 하루 종일 흘러나왔다. 태규의 발성은 여자로 치면 소프라노에 가까울 정도로 소리가 맑고 최고 음역대였다. 남자 성악가라면 테너 영역인데 세계적인 테너 가수로는 플라시도 도밍고, 파바로티 호세 카레라스가 있다.

놀랍게도 태규의 일화를 우리에게 알려준 사람은 늘 우울하고 말이 없던 그의 어머니였다. 그날 오전반인 태규는 비가 오는데도 우산 없이 학교에 갔다. 가랑비 수준이라 수업을 마칠 때면 비가 그칠 것으로 생각했는데, 갑자기 비가 억수 같이 쏟아졌다. 가난 때문에 제대로 된 우산이 없었던 태규의 어머니는 큰맘을 먹고 구멍가게에서 팔던 비닐 새 우산을 들고 학교를 찾아갔다. 그녀가 든 우산은 비닐이 찢어지고 30여 개의 대나무 살 중 5개가 부러지고 떨어져 나간 우산이었지만 아들에게 줄 우산은 새 우산이었다. 바람이 불 때마다 파란 비닐이 제멋대로 펄럭거리다가 홀라당 뒤집어졌다. 태규 어머니는 비닐이 아무리 출렁거려도 대나무 우산대만은 꽉 쥐고 태규를 찾아갔지만 몇 반인지 기억이 안 났다. 글자 문맹인 태규 어머니는 기억력까지 문맹이었다. 태규 어머니는 어찌할 바를 모르고 학교 건물 주위를 맴돌았다. 마침 아들 또래로 보이는 아이들이 건물 밖으로 걸어 나오고 있었다. 그녀는 입을 앙다물었다.

"야들아, 혹시 이 학교에서 노래 제일 잘하는 아이가 몇 반인지 아니? 비가 와서…."

"아, 개교기념일 날 무대에서 노래 불렀던 그 형아 말이죠?"

"우리 학교에서 노래 제일 잘 부르는 그 형은 4학년 2반이요."

"개천절 날 방송국에 가서 노래도 불렀잖아?"

아이들은 2학년이었다. 당시 태규는 한창 클 나이인데 잘 먹지 못해 덩치가 제 또래보다 작았고 삐쩍 말랐다. 아들이 2학년 아이와 체구가 비슷해서 그녀가 착각했다. 아이들의 말을 들으며 태규 어머니는 흐뭇했다. 이렇듯 7,000명이 넘는 전교생 모두가 '노래 제일 잘 부르는 아이' 혹은 '방송국에서 개천절 노래 부른 아이' 하면 모르는 학생이 없었다. 태규는 아버지의 반대만 없었다면 분명 가수가 되었을 것이다. 나훈아나 남진만큼은 아니라도 성악가에 가까운 그 녀석의 풍부한 성량이나 노래 솜씨로 보아 최소한 오기택 정도는 되었을 것이다.

그 우산 사건 후 태규 어머니는 사람들 모인 자리에만 가면 슬그머니 그날 이야기를 끄집어내곤 했다. 늘 우울하고 말이 없고 웃지 않는 그녀가 그 이야기를 할 때만은 밝고 말이 많아지고 별로 우습지 않은데도 자주 웃곤 했다.

태규 아버지가 어머니 보다 13년 먼저 죽었다. 13년 뒤 그의 어머니도 돌아가셨다. 장례식장에서 태규는 왜 어머니가 우울했고 말이 없었으며 웃지 않는지 알게 되었다. 2남 3녀 중 막내는 그는 큰 누이로부터 그 이유를 들었다. 아버지가 바람을 피웠으며 가족 몰래 이중 살림까지 했다는 것과 가족 중에서 어머니의 자랑거리는 너 밖에 없었다는 말도 했다. 아, 그래서 사람들이 모이면 내 노래 이야기를 했구나. 그 이야기를 할 때만은 밝고 말이 많아지고 별로 우습지 않는 데도 자주 웃곤 했구나. 태규는 그제야 어머니 영정 앞에서 참았던 눈물을 쏟아내었다.

*

정부발發 두 번째 문자를 받던 날 저녁, 세 친구는 재준이 사 가지고 온 족발을 안주로 술을 마셨다.

"야, 우리가 올해 73세니 이제 늙었구나!"

"지난여름에 한국식 나이가 폐지됐잖아."

중건기업 임원으로 퇴직한 재준이 알은 체를 했다.

정부는 6월 28일부터 법적·사회적 나이 기준을 일원화하는 '만 나이 통일법(행정기본법 및 민법 일부개정법률)'을 시행한다고 발표했다. '만 나이 통일법'은 태어난 지 1년이 되는 시점을 1세로 보는 외국의 나이 계산법과 동일하다.

그동안 우리나라는 엄마 뱃속에 있던 시간까지 사람의 나이로 쳐 태어나자마자 1살을 매겼다. 이 연年 나이는 오랜 기간 한국의 법적 나이로 통용됐다. 다만 글로벌 표준에 맞지 않고 나이를 더 매기는 것은 악습이라는 여론이 확산되면서 논란이 계속됐는데 이번에 외국처럼 '만 나이'로 통일한다는 법이 제정된 것이다.

"무현아, 너는 지금부터 내 아우다. 만 나이로 내가 너보다 한 살 더 많다."

무현은 11월 19일생이고 재준은 2월생이니 새로 시행된 '만 나이'로 하면 재준이 형이라는 말은 틀리지 않았다. 태규의 생일은 6월 27일인데 하루 차이로 무현보다 한 살 많았다. 무현이 태규와 재준과 나이가 같아지려면 첫눈이 오는 11월 중순까지 기다려야 했다. 지난 10년간 첫눈이 내린 날의 평균값은 11월 21일이었다.

"양무현, 올해 첫눈 내리면 너와 친구 해 줄게."

"동생아, 그때까지 우리에게 형이라 불러라!"

직설적인 태규는 은근한 표현을 사용하는 재준보다 한술 더 떴다. 무현이 눈을 흘기며 담배를 피워 물었다. 젊은 시절 흡연가였던 재준은 마흔이 되던 해 금연을 실천했다. 무현과 태규는 함께 금연을 선언했지만 이틀을 버티지 못하고 지금까지 담배를 피웠다. 태규가 부엌으로 가서 오목한 접시에 물 한 방울을 떨어뜨린 뒤 가져왔다. 소설가인 태규가 글을 쓰는 2층 서재에는 수정을 여러 각도로 깎아 만든 근사한 재떨이와 지포 라이터가 책상 위에 있었다. 아내는 3년 전 죽었고 자식 둘은 출가한 뒤 분가했으므로 그는 늘 혼자였고, 담배 때문에 눈치 볼 사람이 자신밖에 없었다.

"야, 너희들 두 번째 온 문자에 대해 어떻게 생각하니?"

태규가 담배에 불을 붙이며 물었다.

"자녀 1명 출산하면 3천만 원 지급과 대통령을 포함하여 고위직 연봉감액 및 보조비 삭감, 그거 괜찮은 거 같은데."

"우리나라의 가장 큰 문제는 저출산·고령화 사회잖냐? 국방이 문제야! 이대로라면 군대 갈 청년도 없게 된다고!"

"공기업 사장 등 대통령이 임명하는 자리가 7,000개가 넘는다. 문자에는 대통령이 임명하는 자들의 연봉을 반으로 줄인다고 돼있더라. 그건 혁명적이다!"

"우리나라의 출산율이 세계 236개국에서 꼴찌라더라. 큰일이다. 우리 때는 '저출산'캠페인까지 벌였는데…"

"너희들, 그 캠페인 캐치프레이저 중에 제일 웃긴 게 뭔 줄 아나?"

소설가인 규태가 유식한 체 캐치프레이저라는 말을 썼다.

"딸 아들 구별 말고 둘만 낳아 잘 기르자!"

"그건 점잖은 표현이지."

"뭔데?"

"이놈아, 빨리 말해라! 어르신 숨 넘어간다!"

무현이 술잔에 반쯤 남은 백세주를 원샷했다.

"야! 머리 뒤에 배게 받쳐라!"

"뭔데? 그거 재미있냐?"

성질 급한 재준이 덧니를 드러내며 조급증을 냈다.

"덮어 놓고 낳다 보면, 거지꼴을 못 면한다."

"맞다! 우리 국민학교 때 그런 표어가 담벼락에 붙어 있었다."

"우하하하! 저거 누가 만들었을까?"

"내가 볼 때 차지철 작품 같다! 딱 그 새끼 스타일이야!"

박정희를 우리나라 역대 최고 대통령이라 생각하는 무현이 버럭 소리를 질렀다.

"맞아, 그 새끼 부마사태 때 박정희에게 한 말이 뭔 줄 아니?"

태규가 무현에게 물었다.

"……."

"캄보디아에서는 300만 명을 죽이고도 까딱없었는데 우리도 데모 대원 100만~200만 명쯤 죽인다고 까딱 있겠습니까? 했어. 박정희 팬이라는 놈이 그것도 모르냐?"

"야, 경호실장이라는 놈이 목숨 걸고 대통령을 지켰어야지! 팔에 총 한 방 맞고 화장실로 도망친 놈이야! 대통령을 버려 두고 말이야!"

10. 26 사태 이야기가 나오자 무현의 흥분은 쉽게 가라앉지 않았다.

담배 연기 때문에 반쯤 열어 둔 창문으로 겨울 냄새를 묻힌 바람이 들어왔다. 벽에 걸린 전자시계의 '2023년' '11월 19일' '일요일'이라는 글자가 배터리가 부족한지 한 번씩 깜빡거렸다.

"야, 우리도 애국 한번 하고 죽어야 하지 않겠니?"

"우리는 그래도 아버지 세대 보다 운이 좋았어. 일제 식민지 시대도 겪지 않고, 전쟁 중 태어났지만 끔찍한 전쟁 기억은 안 나니."

아버지가 6. 25 전쟁 때 전사한 무현이 말했다. 그는 국가유공자 가족이었다.

"노인인 우리가 애국 하는 길은 후세를 위해 빨리 죽는 것 밖에 더 있겠니?"

얼굴에 술기운이 올라온 태규가 말했다. 녀석은 술기운이 오르면 표정이 일그러졌다. 가까운 친구가 아니면 일그러짐을 알아차리지 못할 만큼 미세한 표정변화였지만 무현과 재준은 알았다. 녀석은 아내가 죽고 자식들 사이마저 데면데면하게 되자 부인이 치매에 걸린 무현처럼 살맛을 잃은 것 같았다.

"내 솔직하게 말한다."

제 얼굴로 돌아 온 태규가 말했다. 그는 줄담배를 피웠다. 소주잔에 담긴 백세주를 두 번에 나눠 마시면서 반씩 마실 때마다 지포라이터로 담뱃불을 붙였다. 담배를 피우지 않는 재준이 일어나 발코니 새시 문을 열었다. 아직 11월의 늦가을과 초겨울 사이인데 한겨울의 쩡한 바람이 들어왔다.

"난, 79세까지만 살고 싶어."

태규가 무현과 재준에게 동의를 구하듯 두 친구를 둘러보며 말했다.

"갑자기 무슨 소리야. 벌써 취했냐?"

"인생 100세 시대에?"

"나, 안 취했어. 진심이야."

"그런데 왜 그래? 인마!"

"마누라 죽고 이제 나 혼자잖아. 병들어 혼자 앓다가 죽긴 싫어."

"결혼했지만 자식도 있잖아, 둘이나."

"여기 안 온 지 오래됐어."

"야, 이놈아 난 마누라가 치매인데도 100살까지 살란다!"

무현이 재준의 잔에 술을 채웠고, 자기 잔에도 스스로 술을 따랐다. 술을 잘 안 마시는 녀석인데 오늘은 '국가 비상사태 선포' 문자를 받은 것 때문인지 자꾸 술을 마셨다.

"저출산 때문에 아이 한 명 낳으면 5천만 원을 주겠다는데, 우리 같은 노인 중 나라에 요청하면 안 아프게 죽여 주고 3천만 원만 주면 좋겠다.

노인이 줄어야 젊은 사람과 정부가 부담이 적을 것 같아서….."

"……."

놀랍게도 이 말을 한 친구는 재준이었다.

"네가 왜? 우리 중에서 제일 행복하고 재산도 많은 놈이?"

"그냥 나도 대접받고 싶어."

"너 무슨 일 있었구나?"

눈치 100단인 무현이 핵심을 찔렀다.

"나 그저께 합의이혼 했다."

재준의 눈알이 불그스레해졌다.

"뭐?"

"뭐라고?"

태규와 무현이 동시에 외쳤다. 띠 동갑인 재준의 처는 아직 50대였다. 태규와 무현이 제일 부러워했는데 이혼이라니.

"그냥 같이 살기 싫대. 노인이 되기 전 혼자 자유롭게 살고 싶다더라."

"요즘 이혼하면 재산 반으로 갈라야 하니 너 억울하겠다."

태규가 재준의 눈시울이 젖어 들어가는 것을 놓치지 않았다. 그는 65년 해병대 제대 말년에 베트남에 파병되었다. 처음 보는 울창한 정글과 민간인으로 위장한 베트콩을 찾아내 섬멸하는 것은 어려운 일이었다. 밀림 전투 중 2번의 총상을 당했지만 1년 뒤 그는 살아서 돌아왔다. 《끝》

첫사랑 감시

ⓒ 한승주, 2025

초판 1쇄 발행 2025년 3월 13일

지은이   한승주
펴낸이   이기봉
편집   좋은땅 편집팀
펴낸곳   도서출판 좋은땅
주소   서울특별시 마포구 양화로12길 26 지월드빌딩 (서교동 395-7)
전화   02)374-8616~7
팩스   02)374-8614
이메일   gworldbook@naver.com
홈페이지 www.g-world.co.kr

ISBN   979-11-388-4069-9 (03810)